Atardeceres Sensuales

FRIDA FÉLIX DEL RÍO

EDITADO POR
ELENA ESCOFFIÉ

Diseño de la portada y fotografía: Cate Lumière

Editora en español: Elena Escoffié

Primera edición en español, noviembre 2023

ISBN: 978-1-956322-04-0 Pasta blanda libro de bolsillo

www.FridaFelixDelRio.com

www.EditorialMontoya.com

Atardeceres Sensuales

El Diario Rojo

Sabores Mágicos

La Última

El Diario Rojo

Palm Springs

Después de que el viaje desde la ciudad le tomó tres horas y media debido al embotellamiento de la hora pico, que no era hora pico sino horas pico. Cuando Carlota por fin llegó al hotel eran las diez de la noche, pero para su suerte la mejor pizzería de Palm Springs no cerraría pronto, aún tenía cuatro horas hasta que esto sucediera. Ordenó una pizza mediana que para su sorpresa parecía más grande que mediana. Cuando llamaron de la recepción para informarle que la pizza había llegado, ya se había instalado en su cuarto y se había quitado el traje sastre, su uniforme de oficina, y puesto ropa cómoda. Y ya tenía lista una película para rentar, después de haber leído las descripciones de todas las películas de pay-per-view.

¿Cuándo fue la última vez que Ricardo y ella fueron al cine y vieron una película entera? Habían visto películas juntos en la casa los fines de semana, pero inevitablemente uno de ellos se quedaba dormido frente al televisor mientras el otro se paraba lentamente para irse a dormir a la cama. ¿Qué pasó con esas noches de viernes de espontaneidad total? De salir del trabajo e irse de prisa a la casa, para esperar a que Roberto llegara, aventara el portafolio y se pusiera su casual de semana y salieran a un antro, a comer tacos, a ir a bailar o a ver un evento deportivo. ¿Cuándo los viernes se convirtieron en una rutina? No recordaba cuando sucedió que empezaron a no salir los viernes, y después ni el sábado y domingo. ¿Cuándo se convirtieron en ermitaños de fin de semana?

Al bajar a la recepción le llamó la atención un grupo de hombres atractivos que estaban en el bar del lobby. Vestidos impecablemente, listos para salir a disfrutar de la noche en la ciudad, tenían una ronda de tragos en la barra del bar. Carlota pensó en regresar a su cuarto ponerse lencería y su vestido negro que se le ceñía espectacularmente al cuerpo. Ese vestido negro que solo vestía en ocasiones especiales. Un vestido que le quedaba como guante a su cuerpo, adhiriéndose a cada curva y le resaltaba cada encanto que la naturaleza le había dado. Pensó si todavía tenía los nervios de acero de ir y acercarse al grupo, pero no tuvo que pensarlo más. Porque justo cuando se iba a dar la vuelta para tomar el elevador y regresar a su cuarto, un grupo de mujeres se acercaban a los hombres del bar, y por los besos y los anillos de matrimonio en sus dedos, todo indicaba que eran las esposas. Allí termino su fantasía de vestirse de Femme Fatale, y hacer una entrada espectacular en el lobby con el sonido de sus tacones de plataforma altísimos anunciado su llegada a los guapos del bar. Pero Carlota sonrió al recordar que su hermana le decía que esos zapatos de tacón eran de encueratriz[1]. Lo cual a ella le causaba mucha risa, y le preguntaba a su hermana, qué ella como sabía que zapatos utilizaban las encueratrices.

Su destino era recoger la pizza e irse de regreso al cuarto y dejar de pensar en aventuras. Esa noche no estaba destinada para ir a coquetear con los galanes en el bar. Y esa era la noche que había estado más cerca de hacer algo así. En lugar de eso solo le quedó regresar a su cuarto con la caja que traía en la mano donde se notaba una mancha de grasa nada saludable, pero si deliciosa, resultado del queso derretido. Así fue como se sentó a disfrutar y por estar distraída viendo la película, no se dio cuenta de que se devoró la tercera parte de la pizza. Quedaban cinco rebanadas en la caja, pensó que podía comerse la mitad de una, pero pensándolo mejor resistió la tentación. No quería que al día siguiente el vestido negro se quedara colgado en el closet porque el cierre no subía.

La película terminó y después de hacerse cargo de toda su rutina acostumbrada para irse a dormir: cepillarse los dientes, quitarse el maquillaje, cepillarse el cabello, quitarse los lentes de contacto de color y ponerse un sinfín de aceites y cremas en la cara, por fin pudo irse a la cama para tratar de dormir, e ignorar a su estómago que empezó a hacer ruidos debido a la cantidad de queso, salami y harina que no era parte de su dieta diaria. Entre el sonido de los carros en la calle y las risas de las personas regresando o yendo a los antros se quedó dormida.

Mañana Lluviosa

Después de haber pasado una de las noches más tranquilas que podía recordar, Carlota despertó solo para encontrar que eran las diez de la mañana y el cielo estaba cubierto de nubes, nubes que amenazaban con desencadenar en cualquier momento un diluvio. En las próximas horas el clima muy probablemente cambiaría. Aún sin ganas se levantó de la cama y se puso ropa deportiva para ir a la calle a buscar algo saludable para comer. Se sentía un poco letárgica, sería por la cena o el aire seco del desierto. Con lentes de sol en mano salió del hotel, y el calor del desierto la recibió al abrirse las puertas y dejar atrás la burbuja de aire acondicionado que era el lobby. A pesar de las nubes el calor era insoportable, la temperatura era de treinta y cinco grados centígrados. Después de caminar dos cuadras encontró una cafetería que servía desayuno todo el día, eso le pareció genial. Por suerte era un día lento porque la pudieron sentar inmediatamente. Entre el jugo de naranja y el omelette de vegetales y claras de huevos, los minutos pasaron y cuando pago la cuenta ya eran las doce del día.

De regreso a su hotel Carlota se detuvo a ver algunas de las tiendas con chucherías turísticas, nada muy interesante lo clásico: llaveros, camisetas, sudaderas, uno que otro libro del área. Ya casi para doblar la esquina noto que había una tienda de lencería y juguetes sensuales para adultos. Se quedó mirando el aparador que tenía dos maniquís, uno vestido con un short de cuero y un top echo de una malla de cintas de cuero y hebillas; el otro vestido en lencería tan delicada que podría romperse con solo un jaloncito. Algo que un día quería experimentar con Roberto, tenía la fantasía que con sus manos le desgarrará la tanga. Pero el pensamiento se evaporo tan pronto como las primeras gotas de lluvia tocaron su piel, no era una lluvia ligera, era el chubasco del siglo. Carlota tendría que regresar otro día a ver qué novedades tenía la tienda *La Casa de Eros*. Se veía gente corriendo a sus coches, metiéndose a restaurantes o tratando de encontrar refugio de la lluvia. Ella no corrió, calmadamente se fue caminando a su hotel que estaba a media cuadra, no era todos los días que llovía con esa intensidad en el desierto. Además, no le importaba que se le mojara su ropa de ejercicio, y no traía maquillaje que se le fuera estropear. Pero era hora que ella empezará su rutina. Necesitaba estar lista a las tres de la tarde, para hacer realidad su primera fantasía, una fantasía que no sabía dónde iba a ocurrir o quien más iba a participar, era una sorpresa. Roberto le había dicho que estuviera lista a las tres de la tarde y esperara su mensaje con instrucciones.

Eran las dos y cincuenta y cinco minutos, Carlota estaba lista, solo le faltaba ponerse el vestido negro. Se miró en el espejo del baño, el juego de lencería de encaje negro tan delicado que parecía un velo tenue sobre su piel le quedaba como hecho a la medida. El sostén de media copa exponía medio pezón, y el calzoncito sin entrepierna dejaba ver el exquisito trabajo que su depiladora había hecho. La lencería era complementada con un liguero y medias negras con una delicada línea en la parte de atrás.

Escuchó el sonido del teléfono de que tenía un mensaje. Ella pensó que era Roberto, pero era solo un mensaje del hotel, preguntando que si había algo en que pudieran hacer para que su estancia fuera más cómoda. Carlota borró el mensaje, y fue a ponerse el vestido negro, en cuanto subió el cierre, escucho que había llegado otro mensaje. Regreso a su teléfono y ese si era de Roberto:

> Amor, ve al restaurante "El Edén," hay
> una reservación para las cuatro de la
> tarde bajo el nombre de Carlota
> Monroe. Espera allí las próximas
> instrucciones. Y solo viste lencería con
> la gabardina. Te deseo.

Carlota volvió a leer el mensaje. Roberto nunca había terminado un mensaje con —Te deseo—, le agrado la novedad. Se quitó el vestido y sé puso la gabardina color beige. Por un momento pensó en ponerse lencería menos reveladora, pero decidió no cambiarse, porque la gabardina le iba a tapar más que el vestido. Fue al baño con teléfono en mano, puso una canción sexy, y practicó frente del espejo como quitarse la gabardina de una forma sensual: desabrochando los botones lentamente sin verlos y con la mano derecha para después deshacer el nudo del cinto y sacarlo lentamente de las asas de la gabardina, y dejarlo caer al suelo. Se imaginó que estaba viendo de una forma seductora a los ojos de Roberto mientras abría la gabardina para mostrarle lo que traía puesto. Cómo paso final la dejaría deslizarse sobre sus hombros y brazos, mientras caminaría sigilosamente como si fuera un felino tras su presa, aproximándose lentamente con lencería que no dejaba mucho a la imaginación pero que si daba mucha tentación. Después de un rato de ensayar tenia los pasos listos. Se sentía excitada, su cara ruborizada, su entrepierna húmeda y el deseo a flor de piel.

El Libro Rojo

Parada en el balcón esperando que llegará la hora de salir del hotel, Carlota veía a la ciudad turística, Palm Springs, en medio del desierto de California tomar vida ese viernes por la tarde. Los Angelinos estaban llegando para pasar el fin de semana fuera de la metrópolis, extranjeros se quedaban a pasar la noche en su recorrido por automóvil explorando California, Arizona y Nevada.

Carlota era una turista más, pero su propósito no era estar debajo de una sombrilla todo el fin de semana junto a la alberca, tratando de matar el calor de por lo menos cuarenta grados centígrados con margaritas y daiquiris. El objetivo de su viaje era hacer realidad una de las fantasías de una lista muy larga que ella mantenía en un diario con pastas rojas que estaba reservado solo para sus ojos, pero que Roberto descubrió por accidente.

Ese día Roberto andaba buscando unas gotas para los ojos cuando abrió el cajón de la mesita de noche y vio el libro. En defensa de Roberto el libro no decía diario, si no lo hubiera dejado donde lo encontró. La cubierta decía en letras embozadas *Deseos*, él lo abrió pensando que era un libro motivacional pero lo que encontró fue que estaba lleno con descripciones de fantasías sexuales escritas en puño y letra de su esposa. Eran las fantasías de Carlota. Dejó de leer después del primer párrafo. Pero tardo más en regresarlo al cajón que en volverlo a sacar. Se sentó en la cama y cómodamente empezó a leer hoja tras hoja. Llegó a la mitad cuando le entro el remordimiento de estar leyendo los secretos de su esposa, sus deseos más íntimos. El remordimiento se convirtió en curiosidad y desilusión de porqué Carlota no le había comentado ninguna de las fantasías que estaban en el libro.

Pensó en sorprenderla y hacer una de sus fantasías realidad, quizás así ella compartiría las demás. Decidió regresar el libro al cajón, pero era demasiado tarde porque en ese momento Carlota entró a la recámara, encontrándolo con el diario rojo en sus manos y con una expresión que combinaba asombro y remordimiento. Esa tarde los dos tuvieron una conversación muy larga acerca de lo que el libro contenía y la falta de comunicación que había existido al respecto de las fantasías de los dos. Fantasías que hubieran podido haber hecho realidad hace muchos años. Los dos acordaron organizar varios viajes de fines de semana, donde dejarían atrás lo cotidiano y explorarían las fantasías que tenían. Y este era el primer fin de semana.

Las calles estaban todavía mojadas, las lluvias del medio día habían sido torrenciales, y había lloviznado por algunas horas, pero para la sorpresa de todos y la suerte de Carlota, el cielo se había despejado y el sol brillaba en todo su esplendor, haciendo que se viera vapor desprenderse de las banquetas y calles. Carlota estaba alegre de que había dejado de llover y las nubes habían desaparecido ya que así no tendría que lidiar con una sombrilla, que era una cosa menos de la cual ocuparse. El restaurante donde iba a dar inicio su aventura se encontraba fuera del área del centro, pero cerca de un hotel y aunque no fuera el centro del área turística siempre era una verdadera hazaña encontrar estacionamiento, ya que el restaurante contaba con un estacionamiento pequeño y en la calle no había parquímetros. A muchas personas no les importaba caminar unas cuantas cuadras con tal de no tener que alimentar los parquímetros del centro con una moneda. A Carlota no le hubiera importado si tenía que pagar por estacionarse con tal de evitar caminar con los tacones que traía. No se podía dar el lujo de caminar por cuadras. Por suerte un carro salió del pequeño lote detrás del restaurante y pudo estacionarse allí. Se miró en el espejo retrovisor, el labial rojo se le veía inmaculado y hacía que sus labios voluptuosos se vieran más sensuales de lo normal. Las pestañas se veían largas y espesas gracias al nuevo rímel que se había comprado y le enmarcaban los ojos color miel. Traía puestos los aretes y el collar de perlas que Roberto le regalo para su primer aniversario, pensó que por ser su primera fantasía era un bonito detalle.

Salió del carro y se aseguró que el cinto de la gabardina estuviera bien ajustado, no quería que alguien fuera a ver que no traía nada más que la lencería. El asfalto del estacionamiento estaba cuarteado debido a los cambios de temperaturas y el clima de verano e invierno. Carlota empezó a sortear las cuarteaduras con sus zapatos negros de tacones de doce centímetros, caminado cuidadosamente esquivando los pequeños hoyos y grietas. Entró al restaurante por la puerta del patio, que a esa hora tenían todas las mesas vacías. Un mesero amablemente le abrió la puerta que daba al bar donde solo había unos cuantos comensales. Carlota feliz de estar en piso firme se dirigió a la recepción entre las miradas de meseros y clientes.

—Buenas tardes, tengo una reservación para las cuatro, mi nombre Monroe.

—Buenas tardes, señorita Monroe, la estábamos esperando, por aquí por favor.

El apellido de Carlota no era Monroe, pero Marilyn Monroe era una de sus actrices favoritas. Roberto lo sabía y le había parecido divertido hacer la reservación utilizando el alias de Monroe. Además de que cerca del hotel donde se estaba quedando se encontraba una estatua gigantesca de la actriz.

—Su mesero será Iván estará aquí en un momento, provecho Señorita Monroe.

Carlota sonrío agradeciendo a la señorita y empezó a revisar el menú que le había dejado. No tenía hambre, el entusiasmo mezclado con los nervios de estar haciendo una de sus fantasías sexuales realidad le había quitado el apetito, pero quería tomar una bebida. Le dio otro vistazo al menú y a su reloj, eran las cuatro en punto y no había rastro de Roberto y no sabía que era lo que iba a pasar, Iván el mesero se apareció en el momento justo que dejaba el menú sobre la mesa.

—Buenas tardes, Señorita Monroe, mi nombre es Iván, estoy aquí para servirla.

Carlota volteó a ver a Iván, era alto, musculoso, con ojos azules penetrantes, cabello largo, y un acento inglés exquisito. Se veía como salido de una película de vikingos.

—Buenas tardes, Iván, me gustaría un Martini de limón y un coctel de camarones.

—¿Tiene alguna preferencia en el vodka?

—No, está bien el vodka que escoja el bartender para este tipo de bebida.

—¿Algo más? —Iván preguntó con una sonrisa picarona, casi insinuante.

—No es todo gracias.

—Cualquier cosa que necesite me deja saber.

Carlota le dio el menú a Iván, quien se dio la media vuelta después de darle un vistazo a las uñas rojas que coordinaban con el color de labios de Carlota. No sabía si era su imaginación o Iván le estaba coqueteando, la forma en que dijo *"cualquier cosa que necesite me deja saber"* lo había dicho en un tono como si le estuviera diciendo palabras románticas al oído y todo acompañado con una mirada seductora. Ese hombre sabía cómo conquistar a una mujer hambrienta y no solo trayéndole la comida, sino también ofreciéndole un muy delicioso postre.

No habían pasado más de tres minutos cuando Iván estaba de regreso con el Martini de limón, era un milagro como ni una gota se había derramado del vaso, el contenido estaba hasta el bordo. Cuidadosamente Iván puso la copa frente a Carlota.

—Señorita Monroe lo podría probar y dejarme saber si es de su agrado.

Carlota vio al mesero que estaba esperando su respuesta. Ella ni había pensado en probarlo, pero el mesero no se iba a mover hasta que le diera un trago. Delicadamente Carlota se acercó a la copa de Martini, no quiso ni intentar levantarlo de la mesa a sus labios, prefirió llevar sus labios a la copa.

—Está perfecto —dijo Carlota, esperando que Iván se diera la media vuelta y se fuera a atender a otros comensales.

—Veo que vino prevenida por si vuelve a llover. Si quiere cuelgo su gabardina para que este más cómoda. De hecho, las nubes nos abandonarán por el resto del fin de semana. El pronóstico es que el martes tendremos otra tormenta.

—No gracias, así estoy cómoda. —respondió Carlota, sintiendo que se ruboriza al contestarle al mesero.

Solo de pensar en quitarse la gabardina enfrente de Iván en el restaurante que estaba medio vacío la excitaba. Ese pensamiento podría incluirse en su librito de fantasías. Hacer el amor en un restaurante vacío, caminar solo en tacones y lencería de encaje sobre la barra del bar. A lo mejor su hermana tenía razón y estaba en la profesión equivocada. Sonrió.

—Muy bien, la dejo para que disfrute su bebida. Regresaré con su coctel de camarones.

Iván se fue, y Carlota le dio una mirada de arriba abajo, el hombre hacia lucir el uniforme de mesero, llenando los pantalones con un trasero y un paquete de envidia.

Vio el Martini de limón, y había pequeños pedacitos

de hielo flotando en la superficie, se quedó pensando que cual sería la fantasía que hoy se haría realidad, cuál habría escogido Roberto. No recordaba tener una que incluía a un mesero, recordaba una que requería un cocinero, pero no un mesero. Pero no le molestaba la idea de que Iván fuera parte del plan de Roberto. Le gustaría ver a Iván desabrocharse la camisa lentamente y despojarse de ella como un stripper, y después quitarse el cinturón y que le amarrara las manos con el cuándo ella lo quisiera tocar. Carlota siguió construyendo su fantasía, sintiendo que se estaba ruborizando, su piel se erizaba y su centro palpitaba, estaba humedeciéndose con cada imagen que venía a su mente. Apretó las piernas como si el movimiento pudiera parar la reacción que tuvo al imaginarse a Iván desnudo.

—¿Está segura de que no quiere quitarse la gabardina? Se ve como si tuviera temperatura.

Iván había llegado en el momento justo en que Carlota se estaba imaginando las sensaciones de ser acariciada por las manos que le traían los camarones.

—No gracias, estoy cómoda, me gusta estar abrigada y no estoy caliente. —contestó Carlota, no pudiendo evitar que sus ojos se enfocaran en la bragueta del mesero que seguía con el coctel de camarones en su mano.

—Que disfruté.

Por fin el mesero puso el coctel en la mesa y se fue.

Entre sus pensamientos sensuales y hablando con Iván, no se había dado cuenta que ya eran las cuatro y veinte. No había señales de Roberto o mensajes con más instrucciones. El coctel de camarones se veía delicioso, la salsa de tomate tenía trocitos de aguacate, cebolla fileteada y trocitos de apio. Con un tenedor de mariscos que Iván le había traído, Carlota probó la salsa y estaba exquisita, un poco de fuerte por el rábano picante, solo lo suficiente para darle sabor. Seis camarones medianos posicionados en el centro de la copa, ¿cuánto podría tardarse en comérselos? Ella ya tenía hambre y sin saber que era lo que iba a pasar más tarde decidió comérselos sin demora, que tal que tuviera que esperar mucho más tiempo.

Entre camarones y tragos al Martini se llegaron las cuatro y cuarenta y cinco.

—Le gustaría otra bebida señorita Monroe. —preguntó Iván al aparecerse a retirar los platos y cubiertos.

—Si por favor, lo mismo.

—¿Desea algo más?

—Por el momento no, gracias.

Iván no se detuvo a conversar con ella porque en los últimos minutos un grupo había llegado y lo tenían ocupado. Teniendo garantizada una propina del dieciocho por ciento era motivación suficiente para no entretenerse coqueteando con Carlota. Pero Iván regreso con dos platos uno con una brusheta, un ravioli y un bocadillo de atún. En el otro plato había dos cuadritos de pastel y una galleta.

—El chef está en el proceso de cambiar el menú y ha estado preparando diferentes platillos para que los comensales los degusten. Le gustaría saber su opinión.

—Gracias se ven deliciosos, los probaré. Me podría traer un vaso con agua.

Iván sonrió y se fue por el vaso con agua. En ese momento paso enfrente de su mesa Roberto acompañado por una rubia espectacular. Carlota no supo si darle gusto que posiblemente la primera fantasía en hacerse realidad sería un trío, pero ella esperaba que el primer trío fuera dos hombres y ella, no ella, su marido y otra mujer. Sacudió la cabeza y vio a su esposo y acompañante desaparecerse a la sección del restaurante con cubículos privados. A los lejos escucho la risita de la acompañante de su marido; una risa despreocupada y divertida.

—¿Qué estaba pensando cuando accedí a que él planeara la primera escapada? ¿Dónde consiguió a esta mujer? ¿Qué es lo que tendrá planeado? ¿Qué yo y ella estemos en la cama y él ver? No me puedo quejar esa era una de mis fantasías. ¿Qué yo lo vea a él con ella? Esa es una de sus fantasías.

En ese momento Carlota tenía más preguntas que respuestas y eso no le agradaba.

—Aquí tienen su vaso con agua, señorita Monroe.

Iván le encantaba pronunciar el apellido Monroe. Carlota nada más sonrió y regreso su mirada a los dos platos que el chef había mandado. Pero no podía detener su mente en seguir tratando de adivinar cuál era la fantasía que su esposo organizó.

A los cinco minutos la rubia paso enfrente de la mesa de Carlota camino al baño. Carlota le dio un vistazo de pies a cabeza, traía puestos unos shorts blancos de mezclilla entallados, no había líneas de las pantaletas. O traía puesta una tanga, o iba al natural, sin ropa interior. La blusa era blanca con un escote en V decorado por un holán y sin mangas, de un algodón muy delicado. Las sandalias eran doradas de esas que tienen cintas hasta las rodillas, como tipo gladiador romano.

—Y si voy al baño y le digo a la mona que se desaparezca, o mejor voy a la mesa y le digo a Roberto que no continuemos con esto. Pero lo discutimos mucho y dijimos que lo íbamos a hacer y que posiblemente al último momento cuestionaríamos la sensatez de nuestro plan, ya que era algo fuera de lo cotidiano. No es el último momento, y quizás lo que siento es solo la ansiedad de ir más allá de lo ordinario, y eso era lo que he deseado por mucho tiempo. Mejor me espero y veo que es lo que sucede, no sé porque me estoy poniendo nerviosa, si quiero empezar a explorar cada una de esas fantasías, confió en Roberto y sé que lo que tenga planeado tomó en consideración los detalles que escribí en mi cuaderno rojo.

La rubia regreso del baño y cuando pasó por la mesa de Carlota volteó y sonrió. Una sonrisa sincera, que por alguna razón tranquilizó la ansiedad de Carlota. También noto el collar de varias cadenas plateadas que traía puesto y que se perdía entre sus senos.

Pasaron los minutos y pronto un mesero pasó con dos bebidas para el área donde Roberto estaba, unos minutos más tarde el mismo mesero pasó con el platillo especial que incluía uno o dos piezas de los aperitivos más populares. Carlota decidió comer las muestras que el Chef había mandado, se veía que iba a estar allí por un rato. Y decidió pedir un café, no quería tomar más, su máximo era dos tragos y no sabía que era lo que le esperaba. Ya habría tiempo para una copa de vino al final de la noche, o una copa de champagne acompañada de unas fresas cubiertas con chocolate.

—¿Se le ofrece alguna otra cosa? —preguntó Iván al traerle el café.

—Si, me pudiera decir, ¿dónde está el baño de damas?

—Déjeme mostrarle.

Iván caminó enfrente de ella hasta que estuvieron a unos pasos de los baños, a la entrada de un corredor angosto. Él no se movió y Carlota tuvo que pasar muy cerca de él. Y exactamente al estar enfrente de él, el tacón del zapato izquierdo se resbaló, perdiendo el balance. Iván la sujeto y así Carlota se encontró en los brazos del mesero.

—Perdón— dijo ella sin verlo a los ojos, sintiendo la respiración de Iván cerca de la cara.

—Si quiere la espero para acompañarla de regreso a su mesa.

—No será necesario —sonrió un poco ruborizada—, sobreviviré el viaje de regreso, gracias.

Contestó, pero lo que quería en realidad era tomar de la mano a Iván y llevárselo al baño para allí por una vez por todas decirle que si se iba a quitar la gabardina. Pero sabía que él podía perder el trabajo y ella temía que una de las cámaras del restaurante la mostrará seduciendo al mesero y llevándoselo al baño de damas para tener sexo sobre el lavabo.

Ya en la mesa reviso el teléfono, no había ni un mensaje, se acercaban las cinco y treinta. Frente de ella estaba la taza de café ya vacía. Algo tenía que suceder, porque no podía seguir sentada allí, era una agonía. Y los comensales para la cena empezaban a llegar. Su teléfono no tardo en anunciar el mensaje de Roberto:

> Pide la cuenta. Sal del restaurante a
> los cinco minutos de que hayamos
> pasado por tu mesa. Nena pronto se
> hará realidad tu fantasía. ¿Estás lista?

Carlota buscaba con la vista a Iván, en ese momento que lo necesitaba, el mesero no se veía por ningún lado, parecía que se lo había tragado la tierra. Pero en el momento justo cuando Roberto y su acompañante iban a pasar enfrente de Carlota, Iván se apareció.

—Iván, la cuenta por favor.

Con Iván parado junto a la mesa, Roberto deslizó la llave de hotel en el folio con el número de cuarto. Y sin decir una palabra salieron del restaurante.

—Oh, ya veo está trabajando. ¿Es nueva, nunca la había visto antes?

—Y lo más seguro es que nunca me vuelvas a ver, la cuenta por favor. —contestó Carlota al voltear a ver al mesero que hacía muchas preguntas.

—Lo siento, yo pensé que era...—Iván dejó de hablar porque Carlota sacudió su cabeza de lado a lado indicándole al mesero que se callará.

—La cuenta —reiteró Carlota.

Iván se fue casi corriendo a traer la cuenta. Carlota tenía billetes en su mano, listos para dárselos al mesero seductor, y la llave del hotel en la bolsa de la gabardina.

Salió del estacionamiento del restaurante. Solo tenía que cruzar la calle para meterse al estacionamiento del hotel. Pero decidió darle la vuelta a la manzana y dejar que el valet le estacionarán el carro. No quería caminar más de lo necesario con esos tacones que ya la estaban cansando, los zapatos se veían hermosos y sus piernas se veían sensacionales con ellos, pero los pies estaban adoloridos.

Le entregó las llaves al valet y con las manos sudorosas y mariposas en el estómago entro al lobby del hotel. La diferencia entre la temperatura del exterior e interior era de quince grados centígrados. El efecto temporal de las lluvias en la temperatura había desaparecido. De la tormenta de la mañana, solo quedaban una que otra nube esparcida en el cielo azul.

Sintió que todo el mundo la miraba al estar vestida con una gabardina. No era difícil sobresalir entre el resto de los huéspedes, ya que en el lobby solo se veían pantalones cortos o vestidos veraniegos. Sentía que todos los ojos estaban en ella, pero la verdad es que casi nadie se había percatado de su entrada al hotel, excepto un grupo de hombres sentados en el bar que no le habían perdido la vista desde que se bajó del carro. Carlota se detuvo un momento frente a uno de los aparadores de las tiendas del hotel, haciendo como si estuviera viendo las joyas hechas por un artesano local. Su corazón estaba palpitando solo de pensar lo que iba pasar cuando subiera al elevador y la llevará al octavo piso. Imágenes de ella en la cama de un hotel con la rubia acompañante de Roberto le vinieron a su mente, se sintió excitada con el pensamiento de que Roberto las estuviera viendo desde una silla en el rincón del cuarto, mientras ellas se acariciaban y besaban. La rubia desnuda solo con el collar de cadenas de diferentes longitudes en el cuello. Las dos de rodillas en medio de la cama, acariciándose. La rubia besando los pezones de Carlota, quien volteaba a ver a Roberto a los ojos.

—¿Qué hace una mujer tan hermosa como usted sola?

Uno de los hombres del bar se había acercado a ella y sus palabras la sacaron de su trance erótico.

—¿Qué? —exclamó Carlota al voltear y ver al hombre de unos treinta tantos años que estaba rojo del sol y las muchas cervezas consumidas en el transcurso del día.

—A mis amigos y a mí, nos gustaría invitarte un trago.

El hombre señaló a donde estaban sus amigos y Carlota volteo y movió su mano para saludarlos. Sonrieron pensando que los iba acompañar.

—Necesito subir a mi cuarto para ponerme algo más cómodo y ahorita regreso.

—Pero si te vez linda, solo necesitas perder la gabardina porque te va a dar calor.

—Ese es el problema, porque *no traigo ropa* debajo de la gabardina. Los veo al rato. —informó Carlota al hombre en voz baja y seductora, guiñando el ojo izquierdo. Se dio la media vuelta y se metió al elevador.

Él se quedó perplejo, y no sabía si porque ella dijo que regresaba o porque estaba desnuda. Ella oprimió los botones de varios pisos por si acaso el hombre estaba viendo a qué piso el elevador la llevaba, al final oprimió el del octavo donde Roberto la esperaba.

Salió del elevador y la numeración de los cuartos a la izquierda era del 800 al 810 y a la derecha del 811 al 840, el número del cuarto que el sobrecito con la tarjeta tenía era 839, genial tendría que caminar hasta al final del corredor. Empezó a sentir una combinación de euforia, temor y excitación, las piernas le temblaban un poco y se paró al llegar al cuarto 820, respiró profundo y recordó las imágenes de ella con la mujer sobre las sábanas blancas en la cama de hotel, de las posibilidades de este encuentro y solo quedo la excitación en su cuerpo, sintió una ola de calor recorrerlo, sintió como su entrepierna se humedecía, se quitó el listón rojo que le estaba sujetando el cabello y dejo su melena libre, y en un segundo se sintió como toda una fiera seductora y empezó a caminar con paso firme como si estuviera caminando sobre una de las pasarelas en el desfile de modas más importante en la semana de la moda en Paris. Y con paso firme llegó a la puerta con el número 839, por lo que podía ver el cuarto 839 era una suite que tomaba toda la esquina norte del octavo piso. Inserto la tarjeta y la luz verde en la chapa se encendió y empujo suavemente la puerta.

Entró al vestíbulo de la suite, dio unos pasos hacia el área de la sala, la vista de las montañas era espectacular desde allí. Giró para dirigirse a la puerta que separaba la recámara. Enfrente de la puerta de dos hojas había una silla, forrada en un tono carmesí, con el respaldo contra ella. Sobre el asiento un sobre con su nombre. No se escuchaban voces solo música de fondo, música lenta sensual que venía de la recámara. Carlota tomo el sobre, lo abrió, saco la tarjeta de color rojo con un mensaje escrito en tinta negra y que leía:

"Quítate la ropa, siéntate en la silla, dime cuando estés lista y no te muevas cuando abra la puerta."

Carlota miró a todos lados, la habitación tenía ventanales de piso a techo y los vidrios se veían claros como si se pudiera ver desde afuera, las cortinas estaban recorridas, pensó en cerrarlas, pero quien la podría ver sentada desnuda en una silla a unos cuantos metros del ventanal. El hotel era el edificio más alto en varias cuadras a la redonda. Carlota camino hacia el ventanal y vio que era prácticamente imposible que alguien la viera. Al ver su imagen reflejada en el vidrio, comprobó lo hermosa que se veía, el cabello castaño claro ondulado que le llegaba hasta los hombros, los labios rojos, el maquillaje ahumado en los ojos le daban un estilo seductor y espectacular. No era sorpresa que Iván había coqueteado o que el hombre en el lobby le quería comprar un trago.

Se dio la media vuelta, volteo la cabeza para ver cómo se veía el hilo negro de las medias, era como si lo hubiera alineado al milímetro con los tacones de aguja, era simetría total, hacían una línea perfecta. Qué lástima que se las tenía que quitar por las instrucciones que Roberto le había dejado. Volvió a girar para quedarse parada de frente al ventanal, y sintió la necesidad de deshacerse de la gabardina. Despacio se deshizo del cinto, y desabrocho los cuatro botones que la mantenían cerrada. La deslizó de sus hombros, lentamente la dejó caer al suelo. Así como había ensayado unas horas antes en su cuarto de hotel.

Se quedó parada enfrente del ventanal y pensó que lástima de que no había testigos de su acto de striptease. Continuó por unos segundos admirando su reflejo sobre el vidrio, sus senos desbordándose del sostén de media copa, y la diminuta tela en la parte inferior dejando ver unos milímetros de sus labios, cubiertos por una franja sin depilar, diseñada especialmente para la ocasión. El delicado liguero que sostenía las medias. Era la primera vez que usaba un liguero y no estaba muy convencida en quitárselo. Porque el liguero no prohibía el acceso a Roberto, en ese momento decidió que se quitaría el sostén y las bragas, pero se dejaría el liguero, las medias y los zapatos. Tomo el listón rojo que había utilizado en su cabello y se lo amarro alrededor del cuello.

Y allí frente al ventanal continuó con su striptease, desabrocho el sostén y removió un tirante a la vez, deslizándolo lentamente y después el otro con la misma sutileza. Con sostén en mano se fue a sentar en uno de los sofás para quitarse el calzoncito, lo dejó caer al piso, sacó uno pie y después el otro, se reclinó contra el respaldo del sofá y separó un poco sus rodillas y después un poco más. Cerró sus ojos y exploró su entrepierna por un minuto, estimulando aún más su ser. Quería seguir allí, jugueteando un poco más, pero Roberto y la rubia la estaban esperando, no debía de hacerlos esperar más. Se levantó y caminó semi desnuda hacia la mesa del comedor con tres sillas idénticas a donde ella se tenía que sentar, arrastro una de las sillas y la puso enfrente de la ella. Recogió la gabardina y la puso sobre la silla donde se iba a sentar. Colocó el sostén en la silla enfrente a ella, colgando del respaldo, quería que Roberto viera lo que esa llevaba puesto, las pantaletas las puso en el asiento de la silla para que Roberto viera que no tenían entrepierna. Sentada vistiendo solo los zapatos, las medias, el liguero, las perlas y la cinta roja en el cuello.

—¡Estoy lista! —exclamó Carlota.

La puerta se abrió, y se escucharon unos pasos detrás de ella.

—Quiero explorarla y acariciarla, pero ve tu primero, yo veré desde aquí y estaré lista, esperaré mi turno. —dijo la rubia desde la habitación, su voz era realmente sensual. Una voz que seducía al escucharse.

—No digas nada y no te muevas, te voy a vendar los ojos. —ordenó Roberto al acercase a su esposa.

Con una bufanda de seda negra le vendo los ojos y sobre la bufanda le puso una máscara para dormir negra para que estar seguro de que ella no podría ver.

—Recuerda lo que dijimos, que si algo no te gusta me dices y paramos.

—Si —respondió Carlota en una voz sofocada por los suspiros de la excitación, las palabras de la rubia habían encendido aún más la pasión que sentía. Escucho como Roberto se sentaba en la silla enfrente de ella. Ella tenía las piernas cruzadas, y él tomó el sostén y lo deslizo sobre la pierna de Carlota, lentamente pasando por la rodilla hasta llegar al tobillo.

—Veo que te dejaste las medias. Nena, no has obedecido las instrucciones. Veamos, si te dejaste algo más. Descruza las piernas.

Él ya sabía la respuesta, tenía los calzoncillos sin entrepierna en su mano.

—Sólo el liguero y las medias —contestó Carlota.

—Señorita Monroe, abra las piernas por favor.

Ella se mordió el labio inferior y poco a poco descruzó las piernas, pero mantuvo las rodillas juntas. Roberto metió su pie entre los tobillos de Carlota para empujarlos a los lados para que ella abriese las piernas y así poder deleitarse con la vista que le esperaba.

—Abre las piernas, quiero verte, quiero ver si te estás lista para mí o necesitamos jugar un poco.

Ella puso las manos en el asiento de la silla, dejando caer su cabeza hacia atrás, arqueó su espalda al momento de abrir las piernas, poniendo al descubierto su piel depilada y la fina franja negra en sus labios.

—Estás jugosa y lista para lo que tengo preparado. —Fueron las palabras que dijo Roberto al levantarse de la silla y caminar hasta que quedo detrás de Carlota.

Él puso sus manos en sus hombros, las deslizó lentamente hasta llegar a los pezones rosados que estaban duros de la excitación. Allí se detuvo un momento para acariciarlos, Carlota se agarraba fuertemente del asiento sintiendo las caricias de Roberto erizar su piel, e instintivamente cerró las piernas.

—Bella, no cierres las piernas.

Roberto fue alrededor de la silla y se puso enfrente de Carlota, descanso sus manos en lo más alto de los muslos de su esposa que se había ruborizado por los últimos momentos. Después de un segundo, deslizó las yemas de los dedos en la piel erizada de los muslos de Carlota, y cuando llego a las rodillas las empujo para separarlas. Carlota no sabía que la excitaba más, el tener una venda en los ojos y no poder ver a Roberto, o el estar desnuda con las piernas abiertas y a unos metros de un ventanal, o que una rubia los estaba esperando para el segundo acto de lo que Roberto tenía planeado. Carlota sintió que Roberto se había arrodillado frente a ella, podía sentir los hombros de él contra el interior de sus piernas, y su cálido aliento golpear sobre su centro, su corazón se aceleró, su marido iba a besar sus partes más íntimas.

—Te voy a comer como nunca te he comido, te voy a devorar. Quiero probar tu miel.

—Sí, por favor.

Ella extendió las manos para ponerlas en la cabeza de Roberto, él estaba en camino a la entrepierna femenina besándole el interior del muslo, tomándose su tiempo. Cada beso era un momento interminable para ella que ansiaba sentir los labios de su esposo en su humedad.

—Ahhhh, no pares, —suspiró Carlota al sentir la lengua de su amante deslizándose sobre sus labios. Carlota le sujetaba la cabeza en lo que él la exploraba abriendo delicadamente los labios un poco más para que podar darle más placer. Y cuando estaba casi a punto de llegar al clímax Roberto paró.

Carlota estaba desesperada quería seguir alcanzando el orgasmo, sabía que podía tener otro y que esto era el comienzo.

—Ven, quiero hacer algo, espero te guste.

Roberto la ayudó a levantarse y la guió, tomándola de los hombros hasta que llegaron al ventanal. Ya cuando estaba en frente del ventanal, le dijo que pusiera las manos en contra del vidrio y que abriera las piernas.

—Carlota, te ves exquisita, y te sientes como a mí me enloquece.

Roberto dijo al deslizar sus manos sobre el vientre de Carlota. Sus manos continuaron con su exploración y después de tocar sus labios, deslizó sus dedos en su interior. Tocándola en el punto justo, llevándola a la locura de la pasión. Carlota ondulaba su cuerpo y respiraba profundamente, incrementando el placer. Quitó las manos del ventanal para tocar las caderas de Roberto.

Carlota podía sentir la firmeza de Roberto contra su cuerpo desnudo. Él estaba listo para penetrarla, pero el solo seguía acariciando y excitándola cada vez más, ella pedía que no parara. No sabía si era su imaginación, pero sentía que los rayos del sol le calentaban la piel al estar parada junto al ventanal.

Roberto paro de explorarla. Y hizo a un lado su cabello y beso la nuca y cuello de su esposa que se acercaba más a la ventana, sentía sus pezones tocar el vidrio. Con sus dedos Roberto acariciaba el contorno de las caderas y tomaba uno de los elásticos del ligero solo para soltarlo contra la desnudez de su mujer.

Ella se estaba imaginando que había personas en la calle viéndola y eso la excitaba. Se sentía que estaba en una vitrina como si estuviera en Ámsterdam, en las ventanas del distrito de Welden.

Roberto deslizó sus manos lentamente en la espalda de su esposa haciéndola estremecer y separó sus glúteos, Carlota nada más sollozo. Le dio una nalgada y después siguió el contorno de las caderas, la cintura mientras no dejaba de besarle los hombros. Roberto solo dejaba de acariciar un área cuando ella empezaba a disfrutar la caricia y eso la excitaba cada vez más al igual que a él con solo ver como se retorcía bajo sus caricias

—Date la media vuelta.

Roberto se arrodilló para volverla a besar en su desnudez, pero esta vez utilizó sus dedos en sincronía con su boca. Carlota estaba balanceándose en los zapatos de tacón de aguja, quería quitárselos y tirarse en la cama o en la mesa y que Roberto siguiera explorándola. Pero a él le excitaba verla estremecerse, su piel erizarse mientras que su cuerpo vibraba de placer. Pasaron minutos y cuando Carlota estaba a punto de suplicarle a su esposo que la hiciera suya, él se detuvo y se levantó.

—Arrodíllate que quiero ver tus labios rojos alrededor de mi polla. Quiero que me la chupes. —dijo Roberto al terminar con el jugueteo íntimo.

Ella inmediatamente cumplió con la instrucción y él se puso a su alcance. Carlota no se lo puso en su boca, como se lo pidió Roberto, primero lo empezó a lamer como si fuera un caramelo, ella pasaba su lengua saboreando su punta y alrededor de todo su miembro, ella sabía y podía sentir que Roberto se estaba excitando más a cada momento.

—Me encantan ver tus labios rojos, los quiero sentir alrededor al deslizarme dentro de tu boca.

Ella no lo hizo esperar, empezó lentamente introduciendo solo unos pocos centímetros, y luego lo sacaba para preguntar a su marido.

—¿Así, es cómo te gusta? ¿Quieres más?

—Carlota, ¡más mi Reyna! —Ella siguió cada vez más profundo, incrementando la cadencia y Roberto no podía esperar más—. Vamos a la cama Carlota, estamos listos nena.

Roberto nunca la había llamado nena en la cama, y por lo general cuando tenían sexo no hablaban mucho, esta era nueva experiencia y a ella le agradaba. La posicionó enfrente de la cama, ella tentaleó alrededor para ubicarse, se subió a la cama y gateó hacía en medio.

—No te muevas, quédate así, de rodillas y apoyada en tus manos te vez espectacular. Voy a enterrarme en ti. ¿Estás lista?

—Sí, ya quiero sentirte dentro de mí. ¡Por favor!

—Agárrate nena por tengo unas ganas de ti como nunca he sentido.

Carlota empuño las sábanas entre sus manos y Roberto dio la primera embestida. Ella dio un pequeño grito de placer, y con sus manos fuertemente sujeto las caderas de su esposa como no lo había hecho desde los primeros meses de casados cuando tenían sexo varias veces por semana y a veces varias veces al día. Empujando una y otra vez en un ritmo que ellos conocían, un ritmo que los llevaba al camino de la lujuria, disfrutando cada embestida. Sus cuerpos empezaron a sudar, él no sabía cuánto más podía seguir así y ella no quería que parase. Roberto lo sacó y le dio una nalgada a Carlota que no se las esperaba.

—Recuéstate en tu espalda. —pidió Roberto a su esposa entre sollozos de placer. Ella de inmediato obedeció y antes de que le preguntara separó sus piernas para que él tuviera acceso, y no tuvo que esperar porque en cuanto ella estaba cómoda, él la volvió a penetrar.

—¿Te gusta como lo estamos haciendo?

—Si me encanta, no pares. —contestó Carlota abrazada de Roberto, sujetándose de él, clavando las uñas rojas en la espalda de su amante, el hombre que se había convertido en toda una fiera en la cama.

—¿Te gustaría que te amarre las manos?

—No, sigue quiero dejes todo lo que tienes dentro de mí.

—Nena te lo voy a dar todo, todo, ¡Ahhhhh!

Roberto dejó salir un gemido estremecedor que se escuchó hasta el pasillo del hotel. Los cuerpos seguían moviéndose intensamente, las gotas de sudor recorrían su piel. Nunca habían hecho el amor tan intensamente. Ella quería más y el tenía más que dar. Roberto se detuvo para cambiar de posición, quería penetrarla como nunca lo había hecho. Colocó las piernas de Carlota sobre su pecho y empezó lentamente el movimiento sensual, no era una envestida. Ella disfrutaba el nuevo ángulo y se empezó a explorar. Hubiera querido ver la cara de Roberto al verla como se tomaba, pero eso estaba reservado para otra ocasión ya que la venda no le permitía ver los ojos de su esposo. Roberto aceleró el tempo, sujetando las piernas de su esposa.

—¿Nena estás lista para que te de todo? Quiero que sientas como de lo dejo todo dentro de ti.

—Sí, si dámelo todo, ¡todoooo!

Roberto lo sacó casi por completo, respiro y lo metió de repente mandando a Carlota al clímax, sintiéndola estremecerse alrededor de su erección, él alcanzó el éxtasis total.

Roberto se desplomó encima de ella para recuperarse. Pasaron minutos entrelazados en silencio, no había necesidad de palabras. Necesitaban recuperar el aliento y dejar que las sensaciones recorrieran sus cuerpos. Hacía tiempo no habían sentido un placer tan intenso, que no se habían dejado llevar.

Carlota había olvidado por completo que la rubia

estaba observando desde algún lugar en el cuarto. No había hecho ningún ruido desde el principio. La bufanda de seda y la mascarilla seguían intactas sobre sus ojos.

—Mi amor ya puedes destaparte los ojos. —dijo Roberto al deslizarse junto a su esposa.

Ella se quitó la bufanda y vio alrededor del cuarto, no había nadie más, al parecer estaban solos.

—¿Roberto dónde está la rubia escultural que estaba contigo en el restaurante?

—Bridget está en la piscina del hotel Palmeras con su novia.

—No entiendo. ¿Dónde está la mujer que escuche cuando abriste la puerta?

—La voz era de Bridget, pero ella no está aquí. Bridget es un artista de voz de comerciales y películas. Le pedí que grabara las palabras que escuchaste. Nos conocimos en la universidad y después un día llego a la agencia contratada para ayudarnos con su voz en unos comerciales de radio y de televisión. El otro día estábamos platicando en la cocina de la oficina y dijo que iba a venir con su novia a Palm Spring y fue cuando el foco se me prendió y empecé a idea esta fantasía.

—¿Le dijiste para que querías la grabación y tu plan?

—Le di algunos detalles, pero no le dije todo el plan. Le pareció fabuloso lo que estamos haciendo, pero estoy seguro de que no le sería interesante vernos a los dos teniendo sexo.

—Y yo que estaba pensado que ella sería el postre de esta fantasía hecha realidad.

—Nena, danos unos minutos y te daré un postre que no olvidarás. Tenemos este cuarto hasta mañana y quiero utilizar cada mueble.

—Y mañana vamos a mi hotel y hay una silla que

tiene posibilidades para algo especial que tengo en la mente, pero primero quiero ir a La Casa de Eros.

—¿De quién? ¿A quién conociste anoche?

—La Casa de Eros. Es una tienda de lencería y juguetes sensuales para adultos. Quiero ir y ver lo que tienen. Y que me compres algo.

—Yo pensaba que querías un trío esta semana y Eros nos iba ayudar.

—Quizás el trío sea la próxima fantasía. Pero a lo mejor no necesitamos a nadie. —dijo Carlota con una sonrisa en sus labios.

—Hablando de fantasías mi amor, tengo algo para ti.

Roberto se levantó y abrió el closet y saco una caja envuelta en papel regalo y decorada con listón rojo de tela. Le dio la caja a Carlota, quien la abrió cuidadosamente como era su costumbre. Dentro de la caja había papel que le impedía ver el contenido y debajo del papel estaba un libro envuelto. Carlota rompió el papel olvidándose de su costumbre, quería ver en cuanto antes el regalo.

—Mi amor, muchas gracias, me encanta.

—Cuando descubrí tu diario rojo, me di cuenta de que solo quedaban unas cuantas hojas en blanco. No quiero que dejes de escribir tus fantasías y quiero seguir haciéndolas realidad.

—Gracias, por el regalo y por haber organizado estos momentos. —dijo Carlota con el cuaderno forrado en satín rojo y con letras en bordadas en hilo blanco "Fantasías" en sus manos.

—Gracias a ti mi amor. Carlota, tengo una pregunta.

Roberto le dio un beso en la mejilla y los dos se recostaron en la cama.

—Si dime. —Ella contestó con su cabeza en el pecho de Roberto.

—Cuando entraste a la suite, ¿titubeaste en continuar con la fantasía?

—No, ¿por qué?

—Porque te tardaste lo que sentí era una eternidad para decir que estabas lista.

—Ah, no, es que decidí hacer un striptease enfrente del ventanal y caminar alrededor del cuarto con mis zapatos de tacón y semi desnuda. Lo había ensayado.

—Mi amor, me gustaría ver lo que ensayaste.

—Claro, después de la cena te daré un espectáculo que no olvidarás.

—Y yo seré tu más ferviente admirador.

Entrelazados y en silencio contemplaban el principio del atardecer. Recuperando su energía sin prisa, estarían listos para lo que la noche les pudiera ofrecer.

Sabores Mágicos

Melissa, La Luna Nueva

Antes de abrir el botiquín, Melissa miro la imagen reflejada en el espejo, la expresión joven que escondía los años de experiencia, y los extraordinarios eventos que hicieron de ella la mujer que era y que nadie sabía. Un secreto que la mayoría de los meses era una tortura, pero no ese día. Esa mañana, era un nuevo amanecer, era el principio. Las pocas semanas durante el ciclo lunar de la Luna del Cazador eran sus favoritas. Las memorias más felices de su vida habían sucedido durante esas semanas. Pensó que había pasado una eternidad desde que se sintió tan feliz, pero solo era un año desde la última Luna del Cazador. La nueva luna señalaba el inició de un periodo en el cual ella podía vivir su vida al máximo, y sin remordimientos. Sólo necesitaba encontrar a un hombre para que fuera su pareja.

Tomó varios minutos para estudiar sus facciones exóticas, su piel morena clara, una piel que parecía de porcelana, sus cejas gruesas que enmarcaban sus ojos negros penetrantes y sus hermosas pestañas. Sus labios voluptuosos necesitaban bálsamo labial después de haber dormido casi 24 horas. Abrió el botiquín y tomo una latita. Cerró la puerta del botiquín y se empezó a aplicar el bálsamo. Lentamente siguió el contorno de sus labios. Al tocarlos, pensó en cuanto anhelaba las caricias de un amante, el toque de otro ser humano. Deseaba un compañero que la hiciera estremecerse con el toque más sutil en los lugares correctos. Ansiaba estar con alguien con quien compartir preciosos momentos de intimidad, alguien que la hiciera vibrar, que le dijera palabras hermosas al oído. Se quería entregar incondicionalmente a un hombre que valorará el momento especial que ella había estado esperando.

¿Cuándo había sido la última vez que había compartido momentos de intimidad con alguien? Melissa sabía muy bien la respuesta, eran meses. Recordando el día exacto lo hacía más doloroso, y no podía hacer nada para cambiarlo. Solamente encontrar felicidad en cada momento que vivía entre los ciclos lunares de la Luna del Cazador.

Cerró la pequeña latita, un latita que ya tenía con ella una eternidad, una lata con un bálsamo natural que las compañías de productos de belleza matarían para tenerla en sus manos. Hacía mucho tiempo que Melissa aprendió a compartir muy poco de sus secretos de belleza, generaban muchas preguntas y a ella no le interesaba contestar ninguna. Puso de regreso la latita en el botiquín. Se sentía letárgica después de haber dormido por más de un día, pero no quería perder minutos de la cálida mañana. Era hora de salir y disfrutar del día, caminar en la playa antes de que los rayos del sol incrementaran su intensidad, era temprano y todavía había un manto de niebla marina que cubría la pequeña comunidad costera.

Se fue al closet y saco una maleta que contenía su ropa favorita. Vestidos, faldas y blusas hechas de lino, gasa de algodón y telas de algodón con diseños bordados a mano y deshilados espectaculares. La mayor parte de su guardarropa era blanco y en tonos crema. Apreciaba los días del año cuando podía ponerse los vestidos veraniegos que dejaban que el sol acariciara sus hombros y espalda. Le gustaba como el viento y la brisa jugaba con los olanes de su falda durante sus caminatas diarias. Dentro de la maleta estaba un maletín para cosméticos y artículos de baño, pero no tenía botellitas, su contenido era joyería de oro, plata y cobre. Una colección que sería la envidia de cualquier museo de historia o joyero de renombre. Melissa vació el contenido de la maleta en la cama, y con prisa tomó ropa del closet y la aventó en la maleta hasta que la lleno. No quería gastar preciosos minutos doblando ropa, necesitaba hacer espacio para las piezas que iba a ponerse en los siguientes días.

Decidió que colgaría su ropa del ciclo de la Luna del Cazador más tarde. Era hora para salir de la casa y disfrutar del sol y la brisa. Quería sentir la arena mojada en la planta de sus pies al caminar en la playa. Correr hacia las olas, solo para correr de espaldas cuando la ola se le acercara y la espuma del mar estuviera a punto de tocar sus pies. Escuchar los pájaros al atardecer cuando regresaban a las copas de los árboles, a sus nidos para esperar el nuevo día. Había tantas cosas que quería disfrutar y no mucho tiempo.

Pasaron dos o tres días y Melissa había entrado en una rutina; en la mañana antes de las diez trabajaba en el jardín o iba a caminar. A las once ya venía de la tiendita del vecindario, un mercadito donde compraba las provisiones para el día. Disfrutaba preparar almuerzo y cena todos los días, cocinar era una de sus mayores dichas en la vida. Se consideraba una cocinera internacional al haber disfrutado de casi todas las cocinas a través de las décadas, y no al comer en restaurantes sino al vivir en diferentes partes del mundo y aprender a cocinar auténticos platillos teniendo como maestros la gente local. Cocinar era una de las actividades de la que nunca se cansaba.

Alexander

A lexander estaba caminando con su perro, Parker, en la playa. Era su rutina diaria desde que llegaron al pueblito. Encontraba relajante el sonido de las olas al romperse en la playa. Habían caminado medio kilómetro cuando Parker se empezó a agitar, como si hubiera visto a alguien que le agradaba. Alexander no podía pensar quien podría ser, no conocía a nadie en el pueblo que pudiera causarle a su compañero leal tal excitación. Finalmente, el perro corrió y él se quedó mirando al labrador negro perderse en la espesa niebla. Alexander empezó a caminar, y entre la niebla podía distinguir la silueta de una mujer, quien acariciaba a Parker. El perro estaba inmóvil, disfrutando de la atención de la extraña. Cuando se acercó lo suficiente para ver a Melissa claramente, no recordaba haberla visto. Pensó que era una turista. Parker no volteó a ver a su dueño que se acercaba, esa era la primera vez que el labrador de seis años lo ignoraba y que había corrido a saludar a una extraña total. Alexander estaba feliz que lo hubiera hecho porque iba a tener la oportunidad de conocer a alguien en esa mañana un tanto melancólica.

Melissa podía ver al hombre alto y fuerte emergiendo de la niebla densa. Siguió acariciando a Parker sabiendo que su dueño se aproximaba. Vestía pantalones de mezclilla y una camisa azul de mangas largas desabrochada y una camiseta blanca. En una mano traía la correa del perro. Notó el brazalete de piel en su muñeca izquierda, le recordaba al roquero con el que una vez salió, y con el cual terminó pasando un fin de semana de lujuria en una casona a las afueras de Londres. El roquero tenía una melena de cabello negro, este hombre tenía el cabello rubio y largo, pero no tan largo, apenas le llegaba a la base de la nuca. Le dio otro vistazo al extraño, pero esta vez sonrió. El devolvió la sonrisa, pero pudo distinguir un toque de melancolía en su mirada. Había una historia detrás de esos ojos, y pensó que debería de descubrir cuál era antes de proseguir.

—Hola, ¿eres el dueño de este maravilloso perro?

—Si. Es la primera vez que Parker corre de esta forma.

—Bueno, siempre hay una primera vez para todo. ¿Vives cerca de aquí? —Melissa tenía curiosidad, quería saber si el extraño era alguien del pueblo o un turista.

—Te iba a preguntar lo mismo.

—Pero pregunté primero, te contesto después de escuchar tu respuesta. —dijo Melissa en un tono juguetón.

—Sí, soy uno de los habitantes de este pueblo, eso creo. —Ella se le quedo viendo confundida al escuchar su respuesta, y espero a que Alexander continuara—. Estoy arrendando una de las casas frente a la playa por seis meses, creo que eso me hace uno de los residentes del pueblo. ¿Y tú?

—Vivo en la colina y me gusta venir a caminar en la playa.

—Interesante, no te había visto antes. Es curioso que el día con menos visibilidad del año te haya visto, es como si la espesa niebla te haya traído. —Melissa sonrió, si él supiera la neblina que era su vida entre los ciclos Lunares del Cazador.

—Fue tu perro el que me encontró. —Melissa no iba a comentar porque no la había visto antes. Quizás la haya visto pero no era posible que la fuera a reconocer.

—Me alegro de que Parker te encontrara. Créeme que nunca se va corriendo como lo hizo hoy.

—Yo también —dijo Melissa sonriendo mientras lo miraba directamente a los ojos, esos ojos azules cautivadores.

—Pienso que vas en esa dirección. — señaló Alexander hacia la vereda que llevaba a la calle. Y se estiró a ponerle la correa al perro y evitar de que se fuera corriendo otra vez a saludar a algún desconocido.

—No, acabo de llegar. Cuando venía bajando la colina estaba pensando en qué dirección ir. Pero decidí que no importaba, dada la visibilidad y este clima, no se puede ver el océano ni la costa, solamente se pueden escuchar los sonidos.

—Podrías acompañarnos y caminar con nosotros, al menos que este es tu tiempo a solas y quieras disfrutar del silencio.

—Me agrada la idea de caminar con ustedes.

—Ya conociste a Parker; mi nombre es Alexander.

—Gusto en conocerte Alexander, mi nombre es Melissa.

Los tres se encaminaron en dirección norte, descubriendo sus alrededores unos metros a la vez. Alexander no reveló mucho acerca de él. Se abstuvo de compartir la razón que lo llevo a moverse a la pequeña comunidad. No era lo más prudente hablar de su doloroso divorcio con la exótica belleza que acababa de conocer. No iba a tentar su suerte. Decidió no discutir que se encontraba en la etapa de reconstruir su vida, tratando de juntar las piezas con las que se quedó después de la separación.

Alexander era un gran conversador, hablando de otros temas que no estuvieran relacionados con su vida no era ningún problema para él. Y Melissa pensó que era su día de suerte al encontrar a un hombre atractivo que no estaba tratando de interrogarla. Así como Alexander, ella tenía muchos temas de conversación al haber vivido en diferentes lugares, podía platicar de temas muy intrigantes. Los dos eran como marineros con mucha experiencia al navegar al puerto en noche de tormenta, esquivando peñascos.

A él le agradaba que Melissa no estaba tratando de saber de su pasado. Y ella estaba contenta de lo que él estaba compartiendo con ella.

Víctor

En los últimos días ha habido más cambios en la cuadra donde vivía Melissa. Dos días después de que la belleza exótica se apareció en el vecindario, un nuevo residente llegó. Alguien se mudó a la casa que ya tenía tiempo vacía, la casa frente de la residencia de Melissa. No había conocido aún al nuevo dueño; vio al hombre joven y alto cuando junto con su amigo estaban bajando cajas del camión de mudanza.

Los días pasaron y eran ya habían transcurrido casi dos semanas desde que Víctor se mudó. Ya había conocido a la mayor parte de los vecinos, pero la belleza escultural de enfrente permanecía siendo una incógnita. Aun así, notó su rutina, todos los días después de regar las plantas ella camina con una canasta a la pequeña tienda que estaba a unas cuantas cuadras de donde vivían. No podía dejar de observar la forma elegante y sutil de sus movimientos al caminar, siempre traía puestos unos lentes del sol grandes y un sombrero de paja flexible. Con los lentes no podía ver si ella lo veía estudiándola desde su escritorio, registrando cada uno de sus movimientos.

Cuando decidió compró la casa, no sabía de la tiendita hasta que un día uno de los vecinos le dijo del tesoro del barrio. Para su sorpresa tenían una gran selección de vegetales frescos, carnes de res y pollo criadas en granjas al aire libre, frutas de estación, pescados y mariscos frescos. Tener pescado fresco no era una sorpresa, era una de las ventajas de vivir en el pequeño pueblo de pescadores. El pueblo se encontraba en una de las áreas de la costa con abundante vida marina y a unos cuantos kilómetros de un valle fértil donde había granjas familiares cultivando los más deliciosos vegetales y frutas. La sección de carnes frías era la favorita de Víctor. Casi siempre se le olvidaba desayunar cuando se perdía terminando un proyecto. Poder correr a la tiendita y comprar un sándwich era una salvación.

Víctor escogió la pequeña comunidad porque se cansó de vivir en la ciudad. Después de haber ganado una sólida reputación, la lista de sus clientes creció. Una lista que era la envidia de varios de sus colegas. Sus clientes lo mantenían ocupado la mayor parte del año sin ningún problema de estar pensado de donde le llegaría el siguiente proyecto. No le gustaba ser un empleado más en una empresa, le gustaba ser un consultor. Descubrió muy temprano en su carrera que para él era muy importante escoger en que proyectos trabajar.

Él valuaba el poder agendar sus días libres y de vacaciones sin tener que esperar que alguien le aprobara los días y que le dijera que se los podía tomar pero que primero se asegurara de terminar una lista de pendientes antes de que saliera de la oficina. Víctor no podría ser más feliz con sus clientes, a ellos no les importaba si estaba en el otro lado del mundo o en la luna, sólo les importaba que siempre entregaba sus proyectos a tiempo. Además de que no les importaba pagar por sus gastos de viaje si lo necesitaban que fuera a la ciudad para alguna junta.

Desde que se mudó no había tenido ni un momento de descanso, Víctor era un experto de diseño gráfico. El primer cuarto de la casa que puso en orden fue su oficina, el cuarto era el más cercano al jardín de enfrente de la casa, era utilizado por la dueña anterior como su cuarto de manualidades y artesanías por la cantidad de luz natural que entraba por los ventanales.

Con el paso de los días, pensó que su decisión en hacer ese cuarto su oficina fue la mejor que había tomado desde que se mudó y no por la luz natural sino por la hermosa mujer que vivía enfrente de su casa. Era maravilloso verla cada mañana regando las plantas y el pasto, caminando a la tiendita del barrio, a la playa con una silla y una toalla para ver el atardecer. Ella era hermosa, una hermosura que Víctor admiraba. Su cabello era largo y ondulado, de un castaño claro con luces naturales. Su piel estaba bronceada. Su figura tenía curvas, y a él le gustaban las mujeres con curvas, no se podía imaginar saliendo con una modelo de alta costura. Había notado que le gustaba la ropa sencilla, hecha de algodón o lino, en color crema, marfil y blanca, vestidos con faldas de olanes, pantalones de lino flojos, blusas sin mangas con bordados de colores. Siempre llevaba un brazalete en su brazo, un brazalete dorado que solo se lo quitaba para ponerse uno hecho de cuentas de azul oscuro, turquesa y naranja.

El día que se mudó cuando estaba bajando las cajas del camión de mudanza, notó los aromas de comida que impregnaban la calle. Su amigo Jeremy quien le estaba ayudando no los olía. Víctor no podía creer que Jeremy no podía oler los aromas de asado de ternera y papas con romero y pimienta. Víctor que se estaba intoxicando con los aromas de una cena deliciosa. Consideró dejar de desempacar e ir a tocar a las puertas de los vecinos y preguntar si podía acompañarlos a cenar. Pero el día de su llegada no fue el último día que los aromas de deliciosos comida lo tentaban, todos los días unos pocos minutos antes del almuerzo o la cena le llegaban los aromas de platillos que Víctor solo se podía imaginar que era la comida más deliciosa que uno pudiera comer. El origen de los aromas lo intrigaban. Un día no pudo resistir y salió de la casa a trabajar en el jardín por un rato y en la cochera, haciéndose que tenía cosas que hacer, quería ver si podía identificar en que casa vivía el máster chef, el genio de las artes culinarias. Determinó que los aromas provenían del otro lado de la calle, pero no podía decir con precisión de cual casa. Víctor decidió dar una caminata alrededor de la cuadra. Pero no fue muy lejos porque la persona de mayor edad de los residentes de la cuadra lo detuvo.

Tim era viudo y sus familiares vivían fuera del estado. Él seguía viviendo allí porque no quería mudarse de la casa donde paso los momentos más felices de su vida e irse a vivir a una comunidad de mayores de sesenta y cinco años. Quería morir donde su esposa lo dejó cuando se fue de este mundo. Tim estaba entusiasmado de pasar interrogando a Víctor por unos minutos. Víctor cordialmente contesto cada una de las preguntas que Tim le hacía, una tras otra, rápidamente como si estuvieran en un programa de concursos de la televisión. Finalmente, cuando Tim dejo de hablar Víctor le pregunto que si sabía quién preparaba esa comida que impregnaba con sus olores el vecindario.

—Estimado Víctor, mi sentido del olfato fue el primero en irse al llegar los años. Ahora mi lengua se ha hecho floja, y toda la comida me sabe igual, ya no identifico los diferentes sabores. Puedo escuchar con este aparato en mi oído, y todavía tengo buena vista para mi edad. No huelo nada.

Víctor decidió que era inútil tratar de explicar a Tim los aromas que impregnaban su casa desde que se mudó, aromas que despertaban su hambre. Los dos hombres dijeron adiós y caminaron en direcciones contrarias; Víctor se fue de regreso a trabajar.

Luna Creciente

Era miércoles por la mañana y Víctor había estado trabajando desde las 6:00 tratando de terminar un proyecto donde el cliente por error le había dado la fecha equivocada. A Víctor no le importaba, porque había negociado un pagó extra como compensación para terminar el proyecto a tiempo. Miró el reloj en el monitor y ya casi eran las 11:00 a.m., era hora de tomar un descanso y poner algo en su estómago. Sabía exactamente qué saciaría su hambre y dónde lo encontraría. Una carrera a la tiendita bastaba para poner en sus manos un sándwich llamado el destructor, era un sándwich enorme con todo tipo de carnes frías, tenía tanta hambre que no tendría problema en comérselo todo. No anticipaba que el sándwich le destruyera su estómago, pero si esperaba que le quitara el hambre y lo dejara satisfecho.

Víctor se llevó una sorpresa al abrir el refrigerador de las bebidas frías para tomar una botella de café helado. Su hermosa vecina estaba haciendo línea para pagar por sus provisiones del día. Cuando era su turno de ayudó a la cajera a poner sus comprar en la canasta, y en ese momento volteó y vio a Víctor que esperaba su turno para pagar. Al verlo, le sonrió. Víctor observo que sus ojos eran café obscuro, enmarcados por las cejas espesas y obscuras, los lentes de sol colgaban del cuello del vestido, un vestido veraniego que hacía lucir su busto. No podía dejar de pensar que debajo de la tela del vestido no había nada más que la piel bronceada de la mujer que hasta el momento solo había visto a través de la ventana de su casa. En su mente visualizaba la fantasía de verla desvestirse lentamente. Si, él podía verse siendo el hombre afortunado, el espectador del maravilloso momento, o el hombre que la desvestía sutilmente y acariciaba la piel desnuda de la hermosa doncella. Víctor consumido por la fantasía sentía la excitación recorriendo su cuerpo y en ese momento fue cuando la ancianita que trabajaba de cajera le pregunto que si había encontrado lo que andaba buscando. Hipnotizado por su vecina que salía de la tienda, las únicas palabras que pudo decir fueron—Sí, gracias—. A toda prisa inserto la tarjeta de crédito en la terminal y en cuanto la transacción fue aprobada corrió fuera de la tienda sin esperar por el recibo. Caminó lo más rápido que podía, tratando de no correr, para alcanzarla.

—¡Hola! —dijo Víctor al acercarse.

—¡Hola! —respondió Melissa, al voltear y detenerse para esperarlo.

—No hemos tenido la oportunidad de introducirnos. Soy tú nuevo vecino, vivo enfrente de tu casa. Mi nombre es Víctor.

—Oh, sí. Tú eres el que se la pasa la mayor parte de sus días sentado junta a la ventana, en el cuarto con la hiedra. —contestó con una sonrisa.

—Si ese soy yo. Tengo mi oficina en mi casa; no es que este espiando a los vecinos desde mi escritorio. Sólo que tengo que dejar de ver el monitor por unos segundos y parpadear unas cuantas veces. —Le sorprendió el comentario de Melissa, pero no era una sorpresa total porque no tenía cortinas en su oficina y ella siempre traía lentes obscuros.

—Me llamó Melissa. —Extendió su nombre su mano al decir.

De manera sutil Víctor tomo la mano, su piel era suave y tibia. Melissa soltó la mano de su vecino, que parecía estar embelesado por el momento y no la dejaba ir. Ella sonrió y empezó a caminar.

—Melissa es un nombre hermoso. Me permites ayudarte con la canasta.

—No gracias. Este es mi ejercicio, no me gustan los gimnasios, pero por lo menos puedo perder algunas calorías en mis viajes a la tienda antes de regresarlas con la comida que ponga en mi estómago. Dime Víctor ¿a qué te dedicas?, si no imparta que pregunte.

—Soy un diseñador gráfico. ¿Y tú a que te dedicas?

—Estoy tomando un descanso, pero me gusta pensar que soy una mujer renacentista, puedo tener diferentes profesiones.

Víctor encontró interesante la respuesta, no quiso preguntar más en caso de que el descanso haya sido fuera de su control, como un recorte de personal o el ser despedida.

—¿De casualidad una de las profesiones es la de chef? Porqué desde que llegué al vecindario los más sorprendentes aromas invaden mi casa. Déjame decirte, que usualmente se me pasa comer cuando estoy en medio de algo, nunca me da hambre. Pero desde que me mudé, los aromas de comida, quizás de tu casa me hacen perder la concentración.

—Wow, nunca creí que los aromas de mis platillos pudieran crear una gran confusión en tu mundo. Pero ¿cómo sabes que provienen de mi casa? — Melissa se paró y contestó a Víctor sin sonreír.

—Oh, no, no. No me expliqué bien, la comida huele

deliciosa, ese es el problema, bueno no es un problema, pero para un soltero que se la pasa con hambre por que se le olvida comer y... mejor dejo de hablar. ¿De casualidad cocinaste pollo y vegetales ayer? —preguntó y no habló más porque la cara de Melissa no tenía expresión, y pensó si había dicho algo que la molesto. Pero en un segundo se empezó a reír y siguió caminando.

—Tú eres divertido. Si, asé vegetales y una pechuga de pollo marinada en jugos de frutas. Sabes tus comentarios son cumplidos para mis platillos, soy feliz de que mis recetas generen tantas emociones, es el cumplido más alto que un cocinero puede recibir.

—Si necesitas que alguien pruebe tu comida, déjame saber —dijo Víctor e inmediatamente realizó que era ilógico que necesitara a alguien para probar su comida, ella sabía que era una buena chef—. Quiero decir que si preparas un platillo por primera vez y quieres una segunda opinión no dudes en llamarme. O si abres un restaurante algún día, probaré el menú. Seré tu comensal más leal.

—Te llamaría, pero no tengo tu teléfono. —Bajo sus lentes por un momento para hacerle un guiño. Y empezó a caminar sin darle tiempo de contestar. Los dos vecinos siguieron caminando a su cuadra, disfrutando de la brisa marina que era un descanso de los dos días pasados donde el calor del verano se hizo presente.

—Víctor, voy a cocinar pescado para la cena, espero que el aroma no termine en tu sala.

Él la acompaño hasta el primer escalón de la media docena de escalones que la llevarían al nivel del jardín y a la vereda a la puerta, aunque eso lo llevaba unos pasos fuera de su ruta, eran unos metros más por estar con ella unos segundos más.

—No, no me importa, solo déjame saber cuándo vas a empezar a cocinar y así ordenó una pizza y la tengo lista para cuando los aromas lleguen, necesito estar preparado.

—Me alegra que hayamos coincidido.

—A mí también.

Se despidieron para continuar con sus rutinas diarias. Víctor iba a devorar el sándwich descomunal y Melissa prepararía su almuerzo. Y después decidiría si iba a la playa o manejaría norte para ir a caminar en una de las laderas del área hasta encontrar un lugar para ver el atardecer. Después de todo no le quedaban muchos días para disfrutar de la costa.

Al día siguiente Melissa estaba regando el frente de la casa más temprano de lo normal. El pronóstico del día anticipaba que la temperatura sería la más alta del verano. Vestía una camisola de tirantes, el frente estaba bordado a mano, la tela era muy delicada y ligera, casi como una gasa. Los rayos de la luz de la mañana la atravesaban sin ningún problema; el diseño bajo de la blusa en la espalda resaltaba sus hombros sensuales. La falda larga que vestía era hecha de gasa azul, los botones eran de madre de perla e iban de la cintura a la bastilla, pero no se abrocho la mitad de los botones, cuando caminaba se le podían ver sus rodillas y piernas. Su cabello ondulado lo había tejido en una trenza un poco suelta que empezaba en la base de la nuca, se la había sujetado con una hermosa pañoleta de diseño muy elaborado, no era el tipo de pañoleta que se encuentran en el supermercado o en una tienda. La pañoleta había sido teñida a mano y bordada en hilo dorado por un artesano. Melissa estaba parada enfrente de un rosal, removiendo las flores muertas con su espalda a la calle, sin darse cuenta de que Víctor venía de correr. Cuando vio que ella estaba regando las plantas, dejo de correr y empezó a caminar despacio para poder admirarla. Se paró al estar casi enfrente de la casa de Melissa para admiraba la espalda casi desnuda, deseaba poder tocarla, quería acariciar lentamente la piel femenina, deslizar sus dedos desde el cuello hasta el final de la espalda. Aunque la falda era amplia, la primera sección estaba ceñida al cuerpo, alrededor de las caderas acentuando la figura de Venus de Milo. Se acercó un poco más y finalmente dijo —¡Buenos días vecina!

—¡Buenos días, Víctor! —contestó Melissa con una sonrisa y se dio la media vuelta para verlo.

—Hoy empezaste temprano a trabajar en tu jardín. —Fue lo único que se le ocurrió decir porque cuando Melissa se dio la media vuelta, noto inmediatamente que podía ver a través de la delicada tela el contraste de la piel de los pezones con la del resto del pecho. Trató de no quedarse con los ojos fijos en la hermosa figura. Sintiendo que su sangre viajaba a su entrepierna, Víctor sabía que iba a tener una erección estando ahí parado en la banqueta y esperaba que Melissa no notará su miembro engrosándose y expandiendo sus pantalones cortos de correr, pero iba a ser difícil de ocultarlo porque la malla de los shorts se expandía y sus erecciones eran grandes y formidables.

—Sí, pensé si riego las plantas temprano les dará tiempo para absorber el agua antes de que la temperatura incremente. Veo que te gusta correr. —Melissa lo vio de pies a cabeza, era obvio que se había excitado de verla. Sonrió coquetamente; como si estuviera jugando con él.

Víctor quería poner sus manos sobre la protuberancia, pero no quería sus manos cerca de su miembro qué tal si lo tocaba y daba una mala impresión, los vecinos podrían creer que estaba masturbándose enfrente de Melissa. Sentía una atracción muy fuerte por Melissa, de una intensidad que no había sentido en mucho tiempo. Melissa había puesto sus anteojos sobre su cabeza, pero decidió colgarlos del cuello de la blusa, el peso de los lentes de sol hacía que el cuello de la blusa colgara aún más y que dejara al descubierto la piel entre sus senos. El templado clima de la mañana se había desvanecido para que la oleada de calor llegará, y Melissa empezara a sudar. Víctor admiraba la gota de sudor que estaba haciendo su camino del cuello al escote de Melissa, como envidiaba esa gota, deseaba que fuera su dedo haciendo el recorrido, y seguir más allá hasta descubrir lo que escondía la falda. Su mente estaba delirando, pensando que si traía algo puesto debajo del delicado material de la falda o si estaba desnuda como su torso.

—¿Te gustaría un vaso de limonada con albahaca? Es muy refrescante. —El tono de su voz era seductor y el énfasis al pronunciar refrescante estaba cargado de sensualidad.

—No, gracias, para la próxima. Necesito irme y meterme a la regadera porque tengo una llamada en unos minutos.

—Bueno, entonces será otra vez, nos vemos, Víctor.

Melissa se puso los lentes de sol y sonrió a Víctor y dio unos pasos para empezar a regar otra parte del jardín, mientras que Víctor cruzo la calle y se dio un regaderazo con el agua casi fría tratando de borrar de su mente las imágenes sensuales de Melissa en el jardín, las imágenes que el creo con ella desnuda sobre el pasto mojado, con el agua de la manguera corriendo a su alrededor mientras ella lo invitaba a poseerla allí bajo los rayos de luz de la mañana. Si no fuera por las normas morales y de decoro, él hubiera caminado hacia ella, para preguntarle si la podía besar y tomar su mano y deslizarla lentamente sobre su torso sudado y muscular hacia sus pantalones cortos y dejarla que lo explorará, que acariciará su masculinidad con su mano de mujer, que lo brotara para terminarle de darle una erección, que la hiciera estremecer.

Cuando entro a su oficina listo para empezar la video llamada con su cliente, vio que Melissa seguía en el jardín y decidió que lo mejor era tomar su laptop e irse a la cocina donde la vista no lo podía distraer.

Casi Luna Llena

En tres días la luna estaría llena. Melissa estaba sentada fuera del cuarto que llamaba su cuarto de serenidad desde las cinco de la mañana, mucho antes de que saliera el sol. No se pudo volver a dormir desde que despertó a las cuatro de la mañana, después de darse vueltas en la cama por un buen rato decidió levantarse y salir a esperar el amanecer. Era una mañana sin neblina y los primeros rayos de luz aparecerían dándole a la bahía ese esplendor maravilloso del amanecer. Los pájaros empezaron a volar de árbol a árbol, sus cantos rompían el silencio de la madrugada. Había una brisa ligera recorriendo las calles. Melissa sabía que se le estaba acabando el tiempo, necesitaba tomar una decisión, si invitaba a Víctor o a Alexander a cenar.

Le atraía la virilidad de Alexander, sus facciones fuertes, su cuerpo impresionante haría a muchas mujeres enloquecer, pero había algo que no dejaba que su interior brillará, el dolor de su divorcio, las memorias de su exesposa seguían a flor de piel.

Víctor era guapo y atlético, tenía cierto carisma, entusiasmo que le gustaba, su sonrisa era pura alegría. Su problema era que estaba absorbido en sus proyectos desde que se mudó de la ciudad y se había olvidado de su lado emocional.

El amanecer había terminado, y Melissa se levantó del camastro para patio, y entro a su cuarto de serenidad, cerró detrás de ella la puerta francesa. Ese lado del cuarto no tenía pared, solo eran las puertas francesas de lado a lado, y la mitad del techo del cuarto era de vidrio. Mirando el cuarto desde el jardín se pensaría que el cuarto era un invernadero. La pareja que construyó la casa quería un cuarto en el cual disfrutar la hermosa vista del mar en el invierno cuando las temperaturas bajaban y las brisas eran heladas como para pasar el rato en el patio. También les gustaba ver las estrellas y por eso lo construyeron con medio techo de vidrio. Melissa utilizaba el cuarto como su santuario para leer, relajarse, y meditar. Y en pocos días esperaba que el cuarto fuera testigo de la pasión reprimida que durante un año traía dentro de ella.

Camino hacia el sur del cuarto donde tenía colgado un espejo antiguo. El marco del espejo estaba exquisitamente decorado con hoja de oro. La mayor parte del año, cortinas color crema lo cubrían; Melissa hizo a un lado uno de los paneles, miro su imagen por un momento, la melancolía en sus ojos era evidente. Dejó las cortinas caer y se dirigió al otro lado del cuarto donde estaba una pequeña mesa junto a la pared, y apago las velas que había encendido hacía unas cuantas horas. Dio unos cuantos pasos hacia la cajonera que tenía contra la pared del este, abrió uno de los cajones y saco dos hojas de papel y dos sobres. Se fue a la sala a escribir una nota al hombre que invitaría a su cena de luna llena y al hombre que le daría un deseo de luna llena. Había decidido y solo podía compartir la noche con un de ellos.

En su camino a la tiendita del barrio, paró en la casa de Víctor a entregar uno de los sobres, pero lo tuvo que dejar en el buzón, él se encontraba en la ciudad en juntas con uno de sus clientes. Después de almorzar se fue a la playa esperando encontrar a Alexander para entregarle el otro sobre. Alexander era un hombre de rutinas, y estaba dando su caminata de media tarde con su labrador negro.

—Melissa qué sorpresa verte a esta hora, usualmente prefieres venir en la mañana o cerca del atardecer.

—De vez en cuando me gusta cambiar mi rutina. ¿Los puedo acompañar?

—Claro que sí, estaba pensando en caminar al Pelican Bay Café para tomar un café, ¿te gustaría acompañarnos?

—Claro, me encantaría tomar una taza contigo.

Los dos caminaron el medio kilómetro al café. Tomaron más de una taza. Entre sonrisas y momentos de seriedad Alexander abrió su caparazón y compartió con Melissa los dolorosos recuerdos de su divorcio. No se podía explicar, pero sentía que podía confiar en Melissa, y se sentía más ligero al compartir esa parte de su vida con ella. Después de terminarse una rebanada de pie que compartieron, caminaron por la vereda que los llevaría de regreso a las calles donde vivían. Cuando llegaron al punto donde Melissa continuaría hacia la colina donde vivía y el seguiría caminando hasta a su casa, Alexander pregunto —¿Te gustaría acompañarme a almorzar o tomar un café este fin de semana?

—Alexander, me encantaría, pero no estaré aquí el fin de semana.

—Ah, ya veo.

La cara de Alexander cambio, pensando que esa tarde había sido la primera y la última y que no lo quería ver después de que escucho la historia de su divorcio. Quizás fue un error el haber compartido su pasado.

—Alexander, disfrute de nuestra charla. Tengo esto

para ti, por favor no lo abras hasta el viernes en la noche, preferiblemente cuando la luna haya alcanzado el punto donde puedes ver su reflejo sobre el agua.

—¿Qué es esto? — Alexander pregunto viendo el sobre que estaba hecho de un papel muy especial, se veía como si fuera papiro.

—Son palabras que escribí especialmente para ti. Prométeme que no lo vas a abrir hasta la noche del viernes. —Tocó el brazo del hombre que la miraba a los ojos con curiosidad al escuchar lo que le pedía.

—¿No estás pensado en hacer algo o en... —No pudo terminar de hablar porque Melissa empezó a reírse.

—No, no estoy planeando terminar con mi vida, lo siento que esto sea un poco fuera de lo ordinario, pero pienso que disfrutarás de lo que escribí para ti, mientras te encuentras viendo la luna llena y tomando un vaso de vino tinto. En caso de que no te guste mi poema, por lo menos tienes un vaso de vino tinto y a la luna llena sobre la bahía

—Confieso que encuentro un poco extraño lo que me estas pidiendo, pero puedo esperar a abrir este misterioso sobre. Me dará algo que hacer el viernes por la noche, en vez de ver un programa de autos o cambiar de canal a canal en busca de algo que ver. Es la primera vez que alguien escribe un poema para mí. —Alexander puso el sobre en el bolsillo de su camisa de popelina azul que acentuaba sus ojos azules.

—El poema lo escribí especialmente para ti, cuídate mucho Alexander.

Inesperadamente Melissa se acercó y le dio un beso en la mejilla y después acarició a Parker y camino hacia la colina. Era la primera vez en meses que había tenido a una mujer tan cerca, el beso lo hizo feliz, pensó que si nunca salía en una cita romántica con Melissa podrían ser buenos amigos. Sentía que Melissa era alguien especial para tener en tu vida como una amiga o algo más.

—Ándale amigo, vamos a la casa y más tarde vamos a la tienda a buscar una botella decente de vino para el viernes.

○ ◑ ● ◐

Víctor regreso de la ciudad tarde, pensó en rentar un cuarto de hotel en la ciudad y pasar la noche, pero solo de imaginar que se tendría que levantar temprano y lidiar con la locura del tráfico matutino, lo hizo decidir que era mejor regresar a casa esa noche. No revisó su buzón hasta el día siguiente cuando regreso de correr. Se sorprendió al descubrir el sobre que solo tenía escrito su nombre. Entro a la casa y se fue directamente a la cocina tomar agua, puso el correo en el desayunador y tan pronto como termino de beber el agua abrió el sobre, adentro una hoja de papiro cuidadosamente doblada:

Querido Víctor,
¿Te gustaría acompañarme a cenar este viernes? 6:30 PM en punto, no traigas nada.
Melissa

Encontró la carta y la letra un poco tradicional, pero le gustaba el detalle. Y como a Melissa, a él también le agradaba hacer cosas de forma tradicional. Una invitación escrita de puño y letra en papel que no era cualquier papel sino un papel especial, era un detalle más cálido y personal que un mensaje en texto. Aunque ella no tenía su teléfono, hubiera podido invitarlo verbalmente, pero la invitación en papel le pareció genial. No le sorprendía que la nota estaba perfumada, había una ramita de lavanda seca en el sobre. Fue a su computadora a revisar su calendario y estaba disponible el viernes después de las doce. Entusiasmado de que era miércoles y con todo el trabajo que tenía no estaría contando los minuto para verla. Víctor decidió aceptar la invitación escribiendo en la nota y regresándosela a Melissa.

Querido Víctor,
¿Te gustaría acompañarme a cenar este viernes? 6:30 PM en punto, no traigas nada.
Melissa

Sí, me encantaría. ¡Nos vemos el viernes!

En el sobre agregó las letras *De Víctor Para* y fui a dejarlo en el buzón de Melissa.

De regreso de la tiendita Melissa reviso su buzón y para su sorpresa encontró el sobre que había dejado en el buzón de Víctor.

Tan pronto como puso la canasta en la cocina, abrió el sobre y sonrío al ver que él había aceptado. Tenía una cita y un invitado para disfrutar de la noche de la luna llena.

Luna Llena

Finalmente, la tarde del viernes había llegado y los aromas de parrillada impregnaban la casa de Víctor. De inmediato pensó que Melissa estaba cocinando para su cena. No podía dejar de imaginarse las costillas y la carne deshebrada de cerdo en salsa BBQ, acompañada de ensalada de papa y ensalada de col. Estaba a punto de ir corriendo a la tienda y comprar cerveza, pero se detuvo al pensar que eso era lo que hacía cuando iba a la casa de sus amigos a ver el fútbol americano un domingo en la tarde y era algo muy diferente ir a la casa de una mujer sexy que lo había invitado a cenar con una nota escrita en un papel de calidad. A las tres de la tarde envió su último e-mail, cerró su laptop y se fue a correr a la playa, era un día cálido y quería despejar su mente de los aromas de la comida. Salió de la casa sin camiseta, si había un hombre en la cuadra que podía andar con el torso desnudo era él, los demás varones de la cuadra tenían por lo menos setenta años y preferían no ser vistos sin camisa en público. Después de dos horas regreso a su casa, su piel bronceada brillaba con el sudor, sus músculos abdominales definidos por las eran producto de su rutina diaria de pesas. Estaba listo para meterse a la regadera y ponerse presentable para su cita.

Melissa había estado cocinado la mayor parte del día, el platillo y los postres para la cena, y parrillada para cenar el domingo. Dedicó una hora del día a decorar el comedor, la sala y su cuarto preferido, para la velada. En el comedor colocó su mantel favorito sobre la mesa antigua que raramente utilizaba, prefería comer en la terraza, al aire libre. En la mitad de la mesa que no iba a utilizarse Melissa la decoró con un hermoso arreglo floral que hizo con girasoles y flor de mostaza que estaban en temporada de una de las granjas cerca del pueblo. Alrededor del florero colocó velas blancas en vasitos con agua, y sobre el mantel conchas y cristales de mar esparcidos al azar. En la chimenea de la sala remplazo la leña con una docena de velas de diferentes tamaños. En diferentes partes de la casa coloco lámparas de cristal de huracán con arena y velas. A las cinco y media con la comida lista. Recorrió la casa para asegurarse que todo estaba en orden para recibir a su invitado. Estaba feliz de ver el ambiente acogedor que había creado con velas y flores. Había llegado la hora de arreglarse para su noche especial.

Las gotas de agua tibia de la regadera se deslizaban sobre la piel de Melissa. Sentía como el agua iba despertando su piel, cada gota creaba una sinfonía de sensaciones en su cuerpo. Ella nunca utilizaba champú en su cabello, solo dejaba correr el agua por su espesa melena. Pero era un día especial y como tal se aplicó una máscara de una mezcla de aceite de coco y hierbas que había preparado unos días antes. Dejando la máscara en su cabello tomó la esponja le aplicó gel de eucalipto y se tallo cada parte de su cuerpo como si fuera un ritual, lenta y metódicamente, empezó por los hombros, continuó con los brazos, la espalda, el torso y vientre; deteniéndose para poner más jabón, le gustaba cubrir su cuerpo con espuma. Deslizando la esponja a lo largo de la pierna derecha y después la izquierda, atendiendo cada centímetro cuadrado de su piel. Al terminar de enjabonarse se quedó parada, inmóvil bajo el agua, con los ojos cerrados, pensando que la luna llena estaba por salir y otro ciclo terminaría para ella. Paralizada, el vapor del agua caliente la envolvía, de repente suspiro y las lágrimas corrieron sobre sus mejillas mojadas, perdiéndose entre las gotas de agua tibia que caían de la regadera. Recordó el pasado, un pasado tan lejano. Pero que el paso de los años no había podido borrar la memoria de su primer amor, un amor puro, pero con complicaciones. Volvió a suspirar profundamente y cerró la llave de la regadera.

Tomó las toallas blancas suaves y esponjadas y se secó el cabello y la piel. Limpió la condensación del espejo en el baño, vio su cuerpo desnudo, bronceado y húmedo. Era la última vez que el espejo reflejaría su exótica belleza. Su cuerpo estaba listo para Víctor, y él no tenía idea de que la invitación iba a ser más que una cena de vecinos. Ella lo escogió para que fuera su hombre en la noche de la luna llena de cazadores, su compañero en una aventura sensual. Vio en él la calidez y picardía que buscaba en un compañero, Alexander no estaba listo por el momento para poder disfrutar los instantes que iba a compartir con Víctor. Ella necesitaba a alguien que estuviera viviendo en el presente, en el momento y no estancado en el pasado. Algo que ella sabía muy bien y que aprendió con el transcurso de los años.

Entró a la recámara, su vestido estaba listo sobre la cama. La cama donde iba a pasar todo el sábado y ya despertaría cuando llegara el domingo. Era un vestido simple de algodón en un tono marfil, sin mangas y en una línea A, algo holgado. Melissa era una mujer que podía vestir hasta un costal de manta y hacerlo lucir espectacular. Los accesorios eran de cobre, grandes y llamativos. Los zapatos para la ocasión unas sandalias, en tono camello. Se cepillo el cabello húmedo y decidió no utilizar la secadora, quería que las madejas de cabello se secarán sin prisa y que los rizos se formaran a su tiempo de forma natural. Se vio al espejo, no quería ocultar su belleza natural en capas de maquillaje, tomo un brillo labial sabor frambuesa, ese iba a ser todo su maquillaje. Melissa estaba lista para recibir a su invitado.

Al subir los escalones que lo llevaba a la puerta de la casa de Melissa, Víctor se dio cuenta del error que había cometido, estaba llegando a la casa con las manos vacías. Su madre estaría mortificada de saber que su hijo se aparecía sin un pequeño detalle para la anfitriona. Era muy tarde para ir a la tiendita y comprar uno de los ramos de flores cultivadas en los campos cercanos; se lo llevaría el fin de semana, le serviría de excusa para volverla a ver. Tocó el timbre y Melissa abrió la puerta; se veía radiante.

—¡Melissa, buenas tardes!

—¡Hola!, por favor pasa.

—Melissa te ves hermosa.

Melissa sonrió y se hizo a un lado para dejarlo entrar, el pasillo era angosto. El vestía un pantalón de lino blanco y una camisa beige de manga corta, traía puesto zapatos del mismo color de su cinturón, café obscuro. Se había transformado para la ocasión, no vistiendo su atuendo diario de jeans o pantalones cortos, se veía como todo un caballero sofisticado.

—Gracias, te gustaría algo de tomar.

—Sí, agua o si tienes la limonada con albahaca me gustaría un vaso.

—Recordaste; si tengo limonada con albahaca.

Caminaron a la cocina y para la sorpresa de Víctor había un plato con pepinos y zanahorias rayados, brotes de frijoles, menta, cilantro, albahaca y una hoya de agua caliente en la estufa. Él estaba esperando ver la ensalada de papa fría y la ensalada de col. No había rastros de parrillada de cerdo, solo el aroma de pollo asado. No pudo evitar pensar que los aromas de la deliciosa comida provenían de alguna otra casa, pero pronto olvido la idea cuando Melissa le dio vaso con la limonada y sus dedos se rosaron por accidente. Sintió una descarga de energía con el toque delicado de la piel de Melissa, corriente que viajo de su cuerpo al de él, era la primera vez que sentía algo así. Estaba feliz de estar allí y pasar unas horas con su misteriosa y hermosa vecina.

—Espero que te gusten los rollos de primavera con pollo asado estilo Vietnamés. —dijo Melissa dijo con una sonrisa en sus labios y apuntando al platón con los vegetales y las hojas de arroz que estaba a punto de sumergir en el agua caliente.

—Sí, me gustan. Es todo un lujo para mí comer rollos de primavera hechos en casa. Los únicos que he comido son los que venden en la sección de carnes frías en el supermercado. —Sonrió Melissa, al saber que su selección para la cena fue la correcta.

—Víctor podrías llevar por favor el platón con los vegetales a la mesa del comedor.

—Sí, claro.

Víctor se quedó impresionado de cómo lucía el comedor; la mesa estaba puesta para la cena. En la mitad junto al ventanal, había dos platos sobre bandejas, un tenedor de plata que se veía antiguo y servilletas amarradas con yute. Enfrente de los platos estaban tres tazoncitos de cristal con diferentes salsas. Colocó el platón con los vegetales y fue de regreso a la cocina, Melissa se encontraba remojando las hojas de arroz.

—La mesa te quedo muy bien, se ve de maravilla. ¿Hay algo en qué te pueda ayudar? —Apuntó Melissa al tazón con el pollo.

Después de haber hecho lo que su anfitriona le pidió, salió del comedor para observar las fotografías y pinturas que estaban colgadas en las paredes del pasillo. Los marcos de las pinturas eran pesados, de un estilo antiguo que no iban con la casa de estilo contemporáneo. Entre ellas sobresalía el de una mujer vestida en ropa de la era Victoriana, se parecía mucho a Melissa, poseía el mismo brillo en los ojos, pensó que era un familiar de Melissa. Había fotografías en blanco y negro, tenía los tonos de las fotografías tomadas con las primeras cámaras fotográficas, las estaba estudiando cuando Melissa salió de la cocina con dos platos con las hojas de arroz mojadas para hacer los rollos de primavera.

—Todo listo para cenar —dijo Melissa dándole uno de los platos a Víctor. Caminaron a sus sillas, ella se sentó a la derecha y Víctor enfrente de ella. Había arreglado la mesa para que dé un lado tuvieran el arreglo de flores y las velas y en el otro las flores del jardín, había suficiente luz en el comedor que entraba por el ventanal que daba a la calle y de las ventanas que estaban en sus espaldas.

—La salsa roja es de chile; la de color caramelo es de cacahuate para que balancee el picor de la roja y la obscura es de ciruela. Toma cuantos vegetales, hierbas y brotes gustes para preparar tu rollo, hay más en la cocina.

Melissa empezó a preparar el de ella y Víctor noto como lo estaba haciendo, era la primera vez que iba a hacer un rollo de vegetales con hoja de arroz; se los había comido en restaurantes y los que compraba en el supermercado. Pronto descubrió que era como hacer un burrito mexicano. Los movimientos de Melissa eran delicados y su rollo se veía como los que le habían servido en los restaurantes; el que él preparó casi se desintegró.

Probo la salsa de chile, y estaba muy picosa, añadió

la de cacahuate y se complementaban perfectamente, la salsa de ciruela era interesante pero no su favorita. Estaba disfrutando la cena casual, no tenía que lidiar con utensilios y le agradaba la frescura de los vegetales y hierbas.

—Es una colección impresionante que tienes de fotografías y de pinturas. —dijo Víctor rompiendo el silencio de haber estado disfrutando la comida en los últimos minutos.

—Gracias, tienen un gran valor sentimental para mí. ¿Tienes algún pasatiempo? —contestó Melissa tratando de cambiar la conversación, quería evitar preguntas sobre su origen.

—Cuando era joven, me gustaba armar modelos de aviones y carros. Podía pasarme horas trabajando en ellos. Fui a la universidad y no tenía tiempo más que para estudiar. Pero ahora podría retomarlo, tengo más tiempo libre.

—¿Qué hiciste con los modelos que construiste?

—Los tenía orgullosamente en exhibición en mi cuarto en mi librero, hasta que mis padres decidieron cambiarse a una casa más pequeña. Mi mamá los guardo en una caja y los puso en la cochera. Creo que todavía están allí.

—¿Quizás será interesante irlos a buscar? Te podrían llevar al pasado.

—Eso es por seguro —respondió Víctor al estar listo para preparar otro rollo.

Continuaron comiendo y conversando animadamente. Después de limpiar la mesa, se fueron a la sala a continuar con la velada. Melissa se sentó cómodamente en un extremo y él en el opuesto, dejando un cojín del sofá entre los dos.

—¿Te gustaría una copa de vino tinto? —preguntó Melissa.

—Sí, gracias, los tintos son mis favoritos.

—Tengo una botella que había estado guardando para una ocasión especial, déjame traerla. Si no es mucha molestia, podrías encender las velas de la chimenea.

Melissa se fue por el vino y Víctor empezó a encender las velas. Regresó con dos copas de cristal y una botella de Cabernet Sauvignon. Él no reconoció la etiqueta, no era un conocedor de vinos, pero podía reconocer las marcas que siempre se encontraban en la sección de vinos de los supermercados. Al regresar al sofá, se sentaron más cerca y solo la mitad de uno de los cojines los separaba. Después de platicar de algunos de los lugares a los que Melissa había viajado, a dónde le gustaría viajar a él, un poco de la infancia de Víctor y de los lugares a explorar alrededor del pueblo, se terminaron el vaso de vino.

—¿Te gustaría un segundo vaso? —ofreció Melissa.

—Sí, si no te importa terminarte tu botella especial esta noche.

—No, estoy feliz de compartirla contigo.

Melissa se sentó de lado dándole la media espalda a la chimenea, la luz de las velas hacía que su piel radiara. Se iba a estirar a tomar la botella para servir la copa de vino.

—Permíteme, —dijo Víctor ofreciendo servir el vino y tocando gentilmente la rodilla de Melissa. Ella sonrió y se sentó contra el respaldo del sofá y poniéndose cómoda. Víctor le dio la copa.

—Brindó por lo que espero que sea una nueva amistad. —Víctor alzo su copa.

—Salud —Melissa tocó el vaso de Víctor.

—Salud.

El espacio entre los dos desapareció, se habían acercado el uno al otro, moviéndose al cojín de en medio del sofá. Después de un rato de conversación, Víctor descanso su brazo derecho en el respaldo del sofá, Melissa tomo nota, se sentía a gusto teniéndolo cerca. Había escogido al hombre perfecto para la noche. Era obvio que existía una atracción fuerte entre ellos. Víctor tomo otro trago del vino y lo puso sobre la mesa con su mano izquierda, la copa de Melissa estaba vacía, pero todavía la tenía en sus manos. Él se la quitó para ponerla junto a la de él en la mesa.

El sol había desaparecido sobre el horizonte, la luz de la lámpara de leer y las velas iluminaban la sala. Víctor y Melissa no habían dicho ni una palabra por unos minutos, estaban disfrutando de un silencio placentero.

—Melissa eres muy hermosa, y no sé si es muy pronto para decirte esto, pero me siento atraído a ti y te quiero conocer un más.

Al decirle las palabras, acaricio con la punta de sus dedos el hombro desnudo de Melissa, delicadamente tocando la piel. Melissa bajo su vista y puso sus manos en sus rodillas.

—¿Te han incomodado mis palabras? —preguntó Víctor al poner su mano izquierda sobre las manos de Melissa. Ella inmediatamente tomó la mano varonil y fuerte en la de ellas.

—No, para nada. Es que ha pasado mucho tiempo desde que me he sentido así. También me gustas.

Víctor sonrió y puso sus brazos alrededor de ella. Ella descanso su cabeza en su hombro, y él le beso la frente. Melissa volteó para poder ver los ojos grises de Víctor, y después le dio un beso en la mejilla, pero no se movió dejando su boca cerca de la de él, y Víctor la encontró. El roce delicado de sus labios se convirtió en un beso apasionado. Lentamente separaron sus bocas.

—¿Te gustaría un poco de postre? —dijo Melissa mientras ponía sus manos en el pecho masculino de Víctor, creando espacio entre los dos.

—Sí, gracias.

—Dame unos minutos.

Melissa se levantó y lo dejo allí sentado pensando si ella literalmente se refería a comer postre o estaba hablado metafóricamente de otro tipo de postre. Escuchó el abrir de varias puertas, y movimiento en la cocina.

Víctor seguía sentado en la sala, habían pasado tres minutos desde que ella lo dejó. Su mente seguía entretenida en la fantasía de que Melissa fuera el postre. —No te hagas ilusiones, si apenas nos acabos de conocer—. Se repetía Víctor en su mente mientras miraba las velas de la chimenea derretirse.

Melissa regreso después de otro minuto, que a Víctor le pareció una eternidad. Se había cambiado el vestido por un pareo de Malasia color crema con detalles bordados en colores brillantes, que insinuaba la desnudez debajo de la tela. Le dio a Víctor uno blanco. Él se quedó perplejo pero entusiasmado de lo que pudiera pasar.

—¿Te molestaría cambiarte para el postre? Por favor quítate toda tu ropa y los zapatos, los puedes dejar en el cuarto de huéspedes. Comeremos el postre en mi cuarto favorito de la casa.

—No, no me molesta, está a sido una tarde maravillosa y me intriga saber lo que tienes en mente para el postre.

Melissa le mostró el cuarto de huéspedes y antes de que él entrara al cuarto, ella se acercó y le dio un beso en los labios.

—Te estaré esperando, no te tardes.

—Allí estaré en un momento —contestó Víctor.

Víctor se quitó la ropa tan pronto como pudo, y salió del cuarto tratando de no correr y demostrar la anticipación que sentía. Melissa estaba parada justo a la puerta del cuarto al final del pasillo. Sin decir una palabra, solo movió su mano indicando que la siguiera y desapareció entre las cortinas de seda que servían como puerta. El camino hacia el fondo de la casa y entro al cuarto, al espacio más personal de su anfitriona. El cuarto de serenidad de Melissa había sido decorado y arreglado para la ocasión, en medio del cuarto estaba un diván. Las cortinas que unos días antes cubrían el gran espejo en la pared del sur habían desaparecido. Velas encendidas de diferentes tamaños estaban esparcidas alrededor del cuarto. La chimenea de gas estaba prendida, aun cuando el clima era templado, dándole un toque sensual al cuarto. Las llamas creaban destellos multicolores en los cristales de la araña colgada en medio del cuarto. Cojines enormes y cobijas que parecían de visón se encontraban en el piso alrededor del diván. Había flores, y plantas en las esquinas de la habitación, y en la mesa en la pared del norte postres servidos en pequeños platos de plata, dos copas para vino de postre y una botella de vino de hielo.[1]

Música sensual inundaba el cuarto, las melodías se convirtieron más exóticas y primitivas con el transcurso de la noche. Cada nota ayudaba a estimular los sentidos al vibrar de cada nota.

Melissa estaba parada junto al ventanal cuando Víctor entro al cuarto. Camino alrededor del diván y los cojines, se detuvo a estudiar los postres en la mesa, había sorbete de menta, chocolate fundido, rebanadas de fruta y una botella de vino de hielo. Después se dirigió hacia Melissa que estaba parada como una estatua, pero sus ojos seguían los movimientos de Víctor. Él se aproximó y le acaricio el hombro izquierdo con las yemas de los dedos, siguiendo el contorno del cuello y después con el dedo índice la mandíbula. Ella cerró los ojos para solo prestar atención a la sensación de ser tocada, algo que no había sentido en mucho tiempo, ¿Cuántas lunas llenas habían brillado desde la última vez que fue acariciada?

—Eres hermosa, y quisiera besarte. —susurró Víctor al acercase a la boca que estaba pidiendo ser besada lentamente, entreabierta esperando sus labios. Pero Melissa abrió los ojos, sabía que si él la besaba no podrían parar.

—No Víctor, todavía no, la noche es joven y habrá tiempo para todo. —Colocó las manos en el varonil pecho desnudo, y lo empujó gentilmente para parar su avance y crear distancia entre los dos.

No fue fácil para ella resistir, hubiera mentido si decía que no deseaba que Víctor la hiciera suya en ese momento. Sus cuerpos eran como dos imanes gravitando uno hacía el otro, pero si era la única noche que compartirían, ella prefería hacer recuerdos que le durarán por mucho tiempo; un recuerdo de seducción, de placer y éxtasis, no solo un recuerdo de realizar del acto con urgencia y consumirse con abandono total en las llamas de la pasión, y que el fuego se extinguiera en un instante, había ocasiones para eso, pero esa noche no era una de ellas.

—Por favor siéntate. —dijo Melissa al alejarse de él y apunto hacía el diván.

Él no iba a debatir la orden. Mientras que Víctor no había anticipado traer puesto un sarong y estar sentado en un cuarto lleno de velas, cojines y flores; sabía que todo estaba diseñado y pensado para estimular sus sentidos y que el ambiente sensual del cuarto era porque algo iba a pasar allí, algo que él deseaba intensamente. Sería paciente, como había dicho Melissa, había tiempo para todo. Él estaba esperando con ansias lo que su anfitriona tenía preparado, sabía que había más postre de los que estaban en la mesita.

Melissa tomo los dos platos de plata con el sorbete y camino hacia el diván, lentamente, sensualmente. Le dio uno a Víctor, y se montó en el angosto diván. El sarong de Melissa se deslizó sobre sus piernas, exponiendo sus muslos, pero sin descubrir su entrepierna. Víctor hizo lo mismo para estar de enfrente a ella, al acomodarse no pudo evitar que sus ojos buscaran ver la entrepierna de Melissa, quería deslizar sus manos sobre los muslos de su anfitriona hasta llegar a sus partes más íntimas. Víctor sintió escalofrío y se le enchinó la piel con la primera cucharada, el delicado sabor se incrementaba al irse derritiendo el helado. Sus ojos se enfocaron en el busto de Melissa, sus pezones estaban duros con el frío del sorbete, él quería poner en el escote la última cucharada del sorbete y ver como se resbalaba sobre los generosos senos que se encontraban frente a él, estaba tan enfocado en su visión que no noto que Melissa lo estaba observando.

—¿Víctor en qué piensas? —preguntó Melissa en una voz seductora.

—En nada —respondió rápidamente como cuando sabes que es mucho más que nada y quieres evitar más preguntas.

—No puede ser nada, estabas perdido en tu pensamiento. Dime, sabes, hay veces donde nuestros pensamientos tienen que expresarse para que se conviertan en realidad, a veces tenemos que dejar nuestra imaginación volar, y a veces necesitamos la ayuda de otros para hacer nuestros sueños, deseos o *fantasías realidad*. Por favor dime. —pidió Melissa mirándolo a los ojos, y mientras puso su mano derecha sobre la rodilla de su invitado.

—Te voy a decir, pero no quiero que te vayas a ofender o... —No pudo terminar porque Melissa lo interrumpió.

—Por favor dime, me ofenderé si no compartes conmigo lo que estabas pensando.

—Estaba imaginando poner lo que me queda de sorbete, justo donde termina tu cuello y verlo deslizarse sobre el contorno de tus pechos, ver como se derrite con el calor de tu piel al viajar hacia tu cintura. —Víctor se volteó al terminar la frase, evadiendo verle la cara a Melissa en caso de que su reacción no fuera favorable.

—Me gusta la idea. Hazlo. — respondió Melissa y movió las madejas de su cabello hacia su espalda, deshizo el nudo del sarong y dejó que la tela se deslizará dejando su torso desnudo. Sus pechos estaban listos para convertirse en el lienzo donde Víctor haría real su idea. Él se acercó y vació lo que quedaba del postre sobre la piel bronceada. El sorbete empezó a derretirse y a deslizarse, dejando un rastro de dulzura sobre los pezones de Melissa que se endurecieron con el frio. Víctor empezó a esparcir con las manos, la dulzura fundida sobre la redondez de Melissa. Ella se movió, él se detuvo pensando que le iba a decir que parará, pero ella solo se estaba acomodando para darle más espacio para que siguiera esparciendo el postre de limón y menta sobre su torso.

—Me agrada lo que estás haciendo, no pares. —dijo al anudar el sarong sobre su cintura y recostarse en el diván, él empezó a embarrar el sorbete con delicados movimientos circulares, recorriendo una y otra vez la voluptuosidad de Melissa. Se veía como un escultor dándole los últimos toques a su obra maestra. Ella arqueó la espalda, cerró los ojos, sentía su cuerpo despertar más y más con cada caricia de las manos de Víctor. Él se detuvo, el sorbete estaba derretido, el torso de Melissa se veía húmedo y brilloso son la dulzura del sorbete que escurrían hacia la cintura.

Melissa abrió los ojos, Víctor la miraba con intensidad, estaba listo para devorarla. Ella estiro su mano para tomar las de él, manos mojadas y pegajosas con el azúcar, y empezó lamer cada uno de los dedos de su invitado, y a poner cada dedo en su boca, primero deslizándolo lentamente, jugueteaba con su lengua alrededor del dedo y después lo sacaba lentamente aplicando un poco de presión con sus labios. En cuanto termino con la mano izquierda, siguió con la derecha. Era la primera vez que Víctor disfrutaba de ese tipo de elaborado preámbulo en su vida. Melissa llego al dedo de en medio, y siguió la misma rutina que con los otros siete, cuando terminó en vez de seguir con el siguiente dedo, se quedó allí. Empezó a lamerlo como una paleta, una y otra vez, a jugar con su lengua en la punta del dedo, una y otra vez lo deslizó hasta que se perdía en su boca. Levantó su mirada para ver la expresión de Víctor, su cara estaba enrojecida, sus pupilas dilatadas en anticipación del sexo oral que Melissa le podría dar.

—¡Ah! —exclamó Melissa cuando deslizó el dedo de su boca.

No limpio los dos dedos que faltaban, se levantó con el sarong anudado alrededor de su cintura. Fue a la mesa donde tomo el tazón que estaba encima de una vela, para mantener el chocolate fundido. Víctor no le perdía la vista, sus ojos estaban fijados en ella, admirando cada curva, cada delicado movimiento, no había prisa en cómo se movía, aunque el deseo de entregarse uno al otro era latente.

Mojó sus dedos en el chocolate derretido y delicadamente lo aplicó a sus pezones y después acerco los dedos a los labios de Víctor. Él los tomo y con su boca limpio el chocolate.

—Por favor, recuéstate. —Melissa le pidió a su huésped, él obedeció de inmediato y trato de acomodarse en el angosto diván.

—¿Qué tal si me recuesto en los cojines? —Él preguntó.

—Si está bien —respondió Melissa.

Se movió a un lado para que el escogiera el lugar, Víctor acomodo unos cojines contra el diván y se sentó con su espalda en contra de ellos, con sus piernas estiradas. Melissa se sentó sobre los muslos de su amante de luna llena. Sumergió los dedos en el chocolate y puso algunas gotas sobre el pecho varonil y musculoso de Víctor, algunas gotas en el cuello y en los labios.

—No lo vayas a lamer. —Le dijo a Víctor que ya sacaba la lengua para limpiar el chocolate de sus labios.

Melissa dejo el tazón de chocolate sobre el piso. Y empezó a limpiar las gotas de chocolate con su lengua, después se levantó y le pido a Víctor que abriera las piernas, y ella empezó a gatear hacia él y empezó a lamer las gotas cerca del ombligo, tomando su tiempo, besaba los músculos definidos del abdomen de Víctor. Melissa ignoraba la erección que estaba cerca de ella, podía ve el pene fuerte y engrosado debajo del sarong, estaba listo. Víctor admiraba la escena, el cuerpo de Melissa ondulándose al estar limpiando con la lengua el chocolate de su piel, él solo podía imaginarse la sensación de estar dentro de ella y verla moviéndose así disfrutando la unión de los cuerpos. Él quería hacer eso, él estaba listo para hacer eso y más, no sabía cuánto más podía resistir la tentación. Cuando más podía permanecer inmóvil, solo admirándola y sintiendo la sangre de su cuerpo empezar a hervir.

Ella se arrodilló y pauso por un minuto, después puso sus manos en el diván, creando una barrera con sus brazos alrededor de Víctor, sus pezones estaban cerca de la boca de su amante, él solamente tenía que acercarse unos centímetros, sus manos fuertes tomaron los pechos de Melissa acercándolos a su boca y empezó a lamer todo rastro de chocolate. Ella se dejó caer en la erección, solo la tela de los sarong separaba su erección y su humedad. Cuando Víctor termino de besar los pezones de Melissa, ella con su lengua recolecto las gotas de chocolate en el cuello de él, y siguió la ruta de las gotitas en la mandíbula hacia los labios, tocó brevemente los labios y se quedó allí, cerca. Podía sentir el aliento de Víctor, que se sofocaba de deseo, podía probarlo, sentía como él se controlaba en besarla, tanto como ella a él. Víctor entendía que el jugueteó y el control, lo llevarían a lo que más deseaba, a hacerla suya esa noche. Había entendido que había más noche y no tenía por qué terminarse en los próximos minutos. Ella quería que fuera una noche para recordar, una noche donde la paciencia de los primeros momentos pagará ganancias al final. Los labios no se tocaron, ella se paró para tomar el último de los postres.

Víctor se levantó y sentó en el diván, miro el espejo colgado de la pared, su mente empezó a hacer imágenes de Melissa en diferentes posiciones sexuales con las cuales quería experimentar, ¿aceptaría Melissa su proposición? Se sentó de frente al espejo, con su espalda a la mesa donde Melissa tomaba rebanadas de mango maduro y ponía encima del mango néctar de fruta que había preparado.

—Nuestro último postre —anunció Melissa.

—¿El último? —pregunto Víctor sorprendido, no quería que la noche terminará, quería más.

—El último de los postres que prepare, la noche es joven y hay más por disfrutar.

Melissa le dio el plato a Víctor y procedió a deshacer el nudo que estaba manteniendo el sarong a la altura debajo de su ombligo. El pedazo de tela de seda cayó al suelo y frente de él estaba Melissa parada como muchas veces se la había imaginado, desnuda. Él admiró el cuerpo bronceado por los largos días de verano, la joyería resaltaba en el cuerpo desnudo, las curvas femeninas que llevarían a todo hombre a la locura. El triángulo de vellos cuidadosamente cortado entre las piernas, manteniendo en secreto el espacio más sagrado de Melissa, un lugar que él quería explorar de tantas maneras.

Con sus pies, ella movió uno de los cojines y lo puso entre los pies de Víctor, y se arrodillo enfrente de él. Tomo una rebanada de mango y removió la piel lentamente dejando que el jugo de la fruta escurriera sus dedos, después le dio su mano a Víctor para que limpiara el néctar mientras ella se comía la rebanada de mango. Tomo una segunda rebanada y le quito la piel, pero esta vez se la dio a Víctor. Él estaba comiéndosela mientras Melissa acariciaba su torso deslizando las manos hasta alcanzar el sarong de Víctor. Deshizo el nudo dejando al descubierto la erección. El momento que habían estado esperando había llegado. Lo empezó a acariciar, Víctor se movió a la orilla del diván, estiro y abrió sus piernas. Ella lo miro a los ojos y puso la cabeza del pene erecto en su boca, lambiéndolo, jugueteando con el de la misma forma en que lo había hecho con los dedos, poniendo un poquito de presión al sacarlo y repitiendo el movimiento con una cadencia sensual.

Víctor abrió los ojos después de tenerlos cerrados por un momento concentrándose en las sensaciones que Melissa generaba con su boca, lengua, dientes y labios. El reflejo en el espejo encendió aún más el deseo de poseerla en ese momento. Ella subía y bajaba su cabeza, la forma en que se movía era de una forma primitiva.

—Melissa, por favor para, necesito hacerte mía. —dijo Víctor como si fuera una súplica, su voz consumida por el momento de la pasión.

—Estoy lista para que me hagas tuya. —respondió Melissa, arrodillada y con su vista fija en los ojos de Víctor. Ella acarició su cuerpo desde sus pechos hasta el triángulo de vellos escondiendo su tesoro. Necesitaba a un pirata que lo encontrará y lo disfrutaba. Le ofrecía con gusto su ser.

—Por favor recuéstate. —Melissa se recostó sobre las cobijas suaves de tela que parecía de visón, abrió sus piernas y él se posiciono encima de ella y la empezó a besar, sus bocas sabían a mango, era un beso apasionado, él le mordió el labio, y ella jugueteaba con su lengua.

—Quiero estar dentro de ti.

—Por favor, hazlo, te necesito dentro de mí. —Él se deslizó dentro de ella de un solo golpe.

—Ahí, sí, sí —Melissa empujó sus caderas contra él, quería sentir la fuerza de su embestida. Él empujo contra ella, mirando en el espejo cada vez que arremetía. Era una imagen sumamente excitante.

—No voy a parar hasta que me lo pidas. —El sentía lo mojada que estaba, era perfecto.

—Quizás te pida que nunca pares. — Susurró Melissa cerca del oído de su amante, y puso sus manos en los glúteos de Víctor para presiónalo contra ella. Sus caderas se movían al unísono, cada momento más salvajemente. Haciendo sonidos primitivos de pasión. Sonidos que no se habían escuchado en esa casa desde que ella llego. Víctor sabía que tenía que detenerse un poco si no todo terminaría muy pronto y paro.

—Melissa, móntate sobre mí. —Melissa obedeció.

Ella parecía un manantial. Lo deslizó dentro de ella y movió su cuerpo en una cadencia de vaivén, él podía ver la imagen en el espejo. Empezó a hacer círculos con sus caderas y finalmente comenzó a levantarse y sacarlo unos centímetros para después volver a meterlo. Cada vez que Melissa lo sacaba un poco, ella apretaba, y él respiraba profundamente sintiendo el clímax aproximarse, su cuerpo empezaba a vibrar.

—Me vengo, me estoy viniendo — decía Melissa sollozando.

—Te quiero escuchar alcanzar el éxtasis, quiero escucharte gritar de placer. — dijo Víctor al empujarse dentro de ella, para que la sensación fuera más profunda, con sus manos sujetando fuertemente las caderas de Melissa.

—¡Ahh, sigue, así! —sollozaba Melissa alcanzando el clímax total.

Se abrazaron por unos instantes. Y después lo sacó, era obvio que Víctor no había terminado. Él se paró y la ayudó a levantarse y la llevó al espejo.

—¿Estás lista par más? —murmuró en el oído de la mujer que lo había escogido para ese momento.

—¡Sí! —respondió a su amante de una noche.

Puso las manos sobre el marco del espejo al momento que Víctor entraba en ella una vez más. Este empujó lentamente, sujetándola de la cintura con sus manos no dejándola moverse mucho con la embestida, estaban mirándose a los ojos a través del espejo. Melissa sentía como Víctor estaba duro, listo.

—Melissa, quiero terminar dentro de ti, ¿quieres?

—Si dame todo lo que tienes.

La respiración de Víctor se aceleró, mantuvo a Melissa contra su cuerpo lo más que pudo, no podían estar más cerca. En ese momento era uno solo. Víctor arremetió unas cuantas veces más y dejo salir un sonido salvaje y gutural al dejar todo dentro de ella. Ella estaba tratando de controlar su respiración. Habían terminado, habían alcanzado un éxtasis para las décadas. Al mover las manos del espejo, quedaron marcar de sudor, muestra de la pasión de los dos.

Víctor se fue al diván a recostar, estaba exhausto, Melissa camino a la mesa y tomo un trago del vino de hielo, fue al diván y beso a Víctor en la boca, el separo sus labios y ella le paso un poco del vino de su boca a la de él. Tomó la cara entre sus manos. Él le había dado todo lo que tenía, no había más energía en él.

—¡Adiós Víctor, ve a ser el hombre que estás desti-

nado a ser, siempre tendré el recuerdo de esta noche! —
dijo Melissa al sonrió tiernamente.

Víctor se quedó perplejo con las palabras de Melissa, iba a contestar, pero antes de tener la oportunidad de hablar, Melissa lo besó apasionadamente. Y una sensación de tranquilidad se apodero de él y cerró sus ojos y su cuerpo se colapsó en el diván.

Una lágrima corrió sobre la mejilla de Melissa, había terminado el momento. Observó el cuerpo de su amante, puso una de las cobijas encima de él y lo dejo allí, se encargaría del resto más tarde. Abrió la puerta al patio y salió a tomar aire fresco. Quería sentir la brisa del mar en su cuerpo joven y desnudo. Su cuerpo resplandecía con la luz de la luna llena. El cielo estaba despejado; el reflejo plateado y majestuoso de la luna llena en el mar era visible. Sus ojos estaban llenos de lágrimas, un aniversario más, un hombre más, una luna llena del cazador más. No había nada más que hacer que esperar por la puesta de la luna, el final se aproximaba, el nuevo ciclo estaba por empezar. Pensó en Alexander y si ya había abierto el sobre. A él lo escogió para dejarle un regalo, su regalo un encantamiento que le ayudara a continuar de con su vida, no resolvía su vida, solo le haría ver que no había por que seguir en la congoja y era el momento de romper las cadenas del pasado y vivir en el presente. Sonrió esperando que algún día sus caminos se cruzaran, aunque solo fuera por una noche de luna llena del ciclo del cazador.

La noche de luna llena de Alexander

Alexander espero como Melissa le pidió a que la luna se reflejara sobre el océano para abrir la botella de vino que compro para la ocasión. Era una noche clara de luna llena, sin nubes que pudieran impedir que la luna se reflejara majestuosamente sobre el agua y que le diera esa luminosidad plateada a la bahía. Estaba listo para abrir el sobre que Melissa le dio hacía unos días. Cada día había visto el sobre sobre el escritorio, resistiendo la tentación de abrirlo, y descubrir lo que le había escrito Melissa.

—Amiguito, vamos a prender la fogata, ándale. —Alexander abrió la puerta corrediza al patio con vistas al mar. Encendió la fogata de gas y se sentó en una de las sillas Adirondack. Parker tomo su lugar junto a la silla, se sentó en su cobija vieja, con su nuevo hueso que había estado mordiendo la mayor parte del día.

Alexander inhaló el bouquet del cabernet Sauvignon, miro el color del líquido contra la luz de la fogata y bebió de la copa.

—¡Parker este vino es bueno! —exclamó Alexander y volteó a su ver su perro. Parker movió la cola cuando escuchó su nombre sin parar de mordisquear el hueso —.Vamos a ver que dice esta nota.

Puso la copa de vino en una mesita de jardín y sacó el sobre que había metido en el bolsillo de la camisa. Abrió el sobre con un abrecartas, pensó que un sobre tan bonito tenía que abrirse formalmente y no romper el sobre o remover el sello. Desdoblo la pieza de papiro.

Querido Alexander,

Quisiera haber tenido más tiempo para conocerte mejor. Para caminar contigo y Parker en la playa o en una de las veredas del alrededor. Disfrute cada una de nuestras conversaciones.

Pronto encontrarás tu camino a la felicidad en tu vida, el desvió de dolor y tristeza terminará.

Espero que nuestros caminos se crucen algún día; nunca sabes lo que el destino te tiene preparado. A veces en los días con más niebla la luz brilla en todo su esplendor. Solo tienes que estar dispuesto a verla y a sentirla.

Este poema es para ti,

> *La esperanza no la encuentras en el*
> *   pasado,*
> *La esperanza se haya en cada día.*
> *El dolor pasará, y se convertirá en el*
> *   pasado.*
> *El dolor no puede reinar cada día.*
> *La esperanza trae amor,*
> *Y el amor está aquí para quedarse*
> *¡Contigo, para ti y en ti!*
> *Vive una vida de esperanza y amor.*

Reclama tu luz desde lo más lejos,

Has encontrado tu camino,
¡Hoy estas completo!

Alexander, cierra tus ojos, piensa en un deseo, y después mira a la reflexión plateada de la luna, alza tu copa—estaré brindando contigo en este momento especial. ¡Salud!
Melissa

Alexander siguió las instrucciones de Melissa, que más que tenía que perder. Cerró sus ojos y pidió días tranquilos en el futuro, días donde los recuerdos de su exesposa no existieran y sobre todo deseó que el miedo de encontrar a alguien y que lo fueran a lastimar otra vez desapareciera. Se imaginó caminando en la playa, siguiendo una vereda al bosque fuera del pueblo y que de repente escuchaba alguien reírse, era una risa placentera. Se imaginó volteando, buscando de dónde venía la risa, y parada junto a un árbol estaba una mujer descansando bajo la sombra del árbol. No podía ver su cara con el destello del sol y de repente se sintió como si estuviera siendo jalado a la realidad. Abrió sus ojos y alzo su copa y dijo— salud Melissa, donde sea que te encuentres, que nuestras vidas se vuelvan a cruzar, salud.

Dobló la nota de Melissa y la volvió a meter al sobre. Se quedó sentado allí hasta que se terminó la copa de vino, disfrutando de la vista en la compañía de su leal compañero. Se fue a dormir y al día siguiente despertó sintiéndose ligero. Era feliz de empezar el día y cuando se miró en el espejo, la melancolía en sus ojos no era tan evidente. En una semana, se sentía como un hombre nuevo y renovado, un hombre en control de su futuro, un hombre que no tenía su vida hecha pedazos. Empezó a planear un viaje de varias semanas y después ir a la ciudad por unos días y visitar sus negocios. Planeaba regresar a la pequeña comunidad pesquera porque la haría su casa de medio tiempo y no porque se quería esconderse del mundo sino porque disfrutaba vivir allí.

La Resaca de Víctor

Al día siguiente de la cena con Melissa, el sol brillaba a través del domo de luz en el cuarto de Víctor. Los rayos de sol empezaban a darle en la cara haciéndolo moverse para evadirlos, pero no despertaba, seguía quedándose dormido. Pasó media hora y el teléfono sonó, estiraba la mano para alcanzarlo, pero no podía ni encontrar la mesita de noche, solo las almohadas, abrió los ojos y estaba desorientado, su cabeza le pulsaba y tenía la resaca de vino tinto más horrorosa de su vida. Se preguntó —¿Dónde estoy? —y cuando abrió los ojos por completo se dio cuenta de que estaba acostado a lo ancho de la cama encima de las sábanas y sin desvestir. Después de quedársele viendo al techo por algunos minutos decidió levantarse e ir a la cocina a tomar agua, y tomar vitaminas y algo para el dolor de cabeza.

Tomó las pastillas y el agua, descubrió dos recipientes en el desayunador de la cocina, uno con una rebanada de pastel de chocolate enorme y el otro con carne de puerco deshebrada en salsa de BBQ, y una bolsa con rollos de pan francés. El último recuerdo que tenia de la noche anterior era ayudando a Melissa a abrir una segunda botella de vino francés que tenía una etiqueta que se veía fufú y que habían salido a ver la vista del mar al jardín del patio. Recordaba haber pasado en su camino al patio a través de la habitación favorita de Melissa, un cuarto que la mitad parecía invernadero y la otra mitad una sala decorada al estilo de Luis XVI. Recordaba que se sentó un diván y que tomo más vino y en un momento se quedó dormido y cuando despertó Melissa no estaba allí. No recordaba a qué hora Melissa le dio los recipientes con la comida y la bolsa con rollos. El recuerdo que, si tenía claro era la de la etiqueta de la botella del vino, se veía antigua y tenía el número 1912 en ella, recordaba que pensó que era una muy buena artimaña de mercadotecnia esa etiqueta porque no había forma que ese vino fuera tan antiguo. Recordaba que el vino sabía a cielo, tenía un excelente aroma y cuerpo. No recordaba haber comido postre o exactamente cuándo se quedó dormido en el diván. Tenía recuerdos de haber besado a Melissa en la sala, ese era el último momento que recordaba claramente, el beso que compartieron en la sala.

El fin de semana de Víctor voló, el sábado lo dedicó a mirar futbol americano universitario, recostado la mayor parte del día recuperándose de los estragos que el vino tinto le causo, le dio una cruda desastrosa. El domingo cuando despertó, tenía un mensaje urgente de uno de sus clientes, necesitaba que le ayudara a resolver un desastre que otro diseñador gráfico había creado. Acepto el proyecto, aunque significara que iba a trabajar sin parar por casi dos días. Durante esos días ocupados, se comió el recalentado y el pastel de chocolate que Melissa le dio. Encontró extraño que no la había visto caminar a la tiendita o regar el jardín; quizás no la vio por estar intensamente trabajando sin tiempo de quitar la vista del monitor y ver lo que pasaba en la calle, especialmente lo que pasaba en la casa de su hermosa vecina. También noto que los aromas a comida deliciosa habían desaparecido de la cuadra, pensó que quizás estaba tomando un descanso de cocinar.

El martes en la mañana Víctor se preguntaba si no se había comportado bien después de la primera botella de vino, y de alguna forma había insultado a su anfitriona. Lavo los trastes de Melissa y decidió que era tiempo de regresarlos. Pero esta vez no iba a aparecerse con las manos vacías y fue al tianguis local a comprar flores frescas. Presentía que a ella le agradaban las flores sencillas, en vez de una docena de rosas de una cadena de supermercados. Con las flores y los trastes en su mano se fue a la casa de Melissa. Notó que las plantas de los maceteros cerca del pórtico estaban marchitas y el pasto necesitaba agua. Sonó el timbre y para su sorpresa una anciana abrió la puerta.

—Buenos días, soy Víctor y vivo en la casa de enfrente, y vengo a ver a Melissa. —dijo Víctor con una gran sonrisa.

No pudo dejar de notar el olor bochornoso, el olor de casa antigua poco ventilada. No recordaba que la casa tuviera ese el olor el día que fue a cenar. El viernes la casa estaba impregnada de aromas de vainilla y lavanda, el aire era fresco, pero el aire que salía de la casa a oleadas era aire que parecía que había estado atrapado por años.

— Buenos días! Soy Iris, la tía de Melissa. Ella se fue el domingo. Lo siento que no la hayas encontrado.

—Pero no menciono que fuera a viajar. ¿Cuándo regresa?

—Mi querida sobrina es una gitana, no puede quedarse por mucho tiempo en un mismo lugar, siempre tiene que estar en movimiento. Acordó cuidar mi casa mientras estaba fuera por unas semanas, pero ni un día más. Regrese el sábado. —dijo Iris seriamente.

Era obvio que Víctor estaba desilusionado de que Melissa no hubiera dicho adiós, su sonrisa desapareció.

—Venía a regresar estos trastes donde ella me dio comida para llevar y a traerla estas flores. Quería agradecerle de nuevo por la maravillosa cena que preparo el viernes. —Le dio las cosas a Iris, quien puso los trastes sobre la mesita de entrada y se quedó con el ramo de flores en las manos, respirando el delicado aroma.

—Estoy segura de que a Melissa le hubieran encantado, tienen una hermosa sencillez. —dijo Iris con cierta melancolía y añadió—. ¿Te gusto lo que preparo?

—Sí, es imposible que a uno no le guste los platillos que ella prepara. Es una excelente cocinera. Lamentó que no tuve la oportunidad de decirle lo mucho que disfruté la velada del viernes.

—La próxima vez que hable con ella, le dejo saber que viniste.

—¿Hablará con ella pronto?

—No lo sé; mi sobrina tiene la costumbre de desaparecerse por periodos largos y de repente un día se comunica.

—Ya veo. Bueno gusto en conocerla, yo creo que me mude cuando usted se acababa de ir. Si necesita cualquier cosa no dude en preguntarme, usualmente trabajo desde la casa.

—Gracias. Tendré presente que un alma caritativa vive al cruzar la calle. — respondió Iris con una sonrisa. Él movió su mano para despedirse y se dio la media vuelta para regresar a casa. Ella alzo su mano para responder el adiós y cerró la puerta.

Iris puso las flores en un florero de cristal y las llevo a su cuarto de descanso y las coloco en la mesa donde los postres estaban el viernes cuando Víctor fue a cenar. Las cortinas delgadas de gasa tapaban el gran espejo en la pared opuesta. Iris no tenía razón alguna de ver su reflexión, sabía muy bien cómo se veía, y como se iba a ver en los próximos once meses. Estaría tapado hasta el próximo año cuando durante el ciclo lunar de la luna de cazador, ella recobraría su vitalidad. Solamente por ese ciclo y se convertía en la Melissa otra vez. Miro las flores, las esparció un poco para que el ramo tomará forma y todas las flores se pudieran.

—Querido Víctor me encantan. —dijo la mujer madura en voz baja.

Se dio la vuelta y camino hacia el diván, se quedó parada por un momento enfrente de mueble recordando la noche del viernes, y toda la pasión que compartió con Víctor, cada caricia, sonido, palabra, y las sensaciones corrieron por su mente. Se recostó en el diván y jalo una de las cobijas de imantación de piel y la puso sobre sus piernas. Cerró los ojos y recordó la razón de su predicamento cuando enfureció al faraón hacía más de cuatro mil años. Él no podía entender como un miembro de la familia real se había revelado a sus órdenes y enamorado de un plebeyo. La castigó y aun así no renunció al amor que sentía por el humilde mercader.

Al seguir siendo desafiado por Melissa pidió a miembros de la guardia real que se llevarán al mercader. Que lo dejaran en medio del desierto sin ropa y agua. La vida del infortunado hombre fue arrebatada por el desierto, murió rápidamente de exposición solar y deshidratación. Ella sabía que había muerto al ver a los soldados reales regresar del desierto para decirle al faraón que su orden se cumplió al pie de la letra.

Como último castigo el faraón le ordenó al sacerdote principal que le pusiera un encanto a Melissa, con el cual nunca pudiera olvidar a su amante y que ningún hombre la volviera a ver.

El gran sacerdote hizo el conjuro como le ordenó el faraón, pero temeroso de enfurecer a los dioses, porque ella era una princesa y le habían dado regalos místicos a la joven, alteró el hechizo. En encanto le permitiría vivir una vida larga, dejaría de envejecer veinte años después de que el faraón muriera, y en ese momento se convertiría en inmortal. La segunda parte del encanto era que volvería a ser joven, a la edad de cuando perdió el amor de su vida. Dada año durante el ciclo lunar del cazador recobraría su juventud y belleza, solamente por ese ciclo y tendría el poder de seducir a cualquier hombre que quisiera y pasar una noche con él, la noche de la luna llena de cazador. Pero el encanto no era del todo perfecto ya que su amante no recordaría la noche.

Era así como la eterna mujer de setenta siete años vivía la mayor parte del año como una mujer mayor y por unos maravillosos días del ciclo de la luna de cazador se convertía en la mujer joven que desafío a un faraón y amó con todo su corazón.

Había conservado en su corazón la memoria de su primer amor y la memoria de las noches de pasión que había compartido con hombres a través de los siglos, con los hombres que solamente podía compartir intimidad una vez en su vida. Había aprendido tanto a través de los siglos que ya no tenía que utilizar su magia para seducirlos. Observó, estudió y comprendió los sentimientos y las necesidades que todo ser humano tiene. Sobre todo, aprendió a vivir cada momento y a dar incondicionalmente.

Para Melissa Iris se había llegado la hora de decirle adiós a la pequeña comunidad de pescadores, e irse a un lugar nuevo donde pasaría los días hasta el próximo ciclo de la luna del cazador con arrugas en su rostro y pasión en su corazón.

"Para el amor no hay espacio, ni tiempo. El amor es eterno."

La Última

Un atardecer para recordar

¿Quién soy, de dónde soy, y cuál es mi nombre? Son datos que no tienen importancia para lo que te quiero contar. Si te cuento de mí, dónde vivo o a qué me dedico, eso no va a cambiar la historia que vas a leer. Mis datos personales no harían la historia más o menos interesante.

Lo que si te diré de mí, es que en mis primeros años después de dejar la adolescencia en el pasado, mi vida estaba moldeada por los ejemplos de mi abuela y de mi madre, también por las ideas y valores que me habían inculcado. Cuando me acercaba a los treinta, me encontré atrapada en un mundo entre lo que yo quería y deseaba, y lo que ellas me habían grabado en la mente con sus historias y ejemplos de niña buena. Pero resulta que yo era una niña buena que deseaba ser mala.

Su ejemplo y forma de pensar influyó e impacto cada área de mi vida. Y en el área sexual no fue la excepción. Me imaginaba que si seguía mis instintos, y le daba vuelo a la hilacha (hacer las cosas en desorden y descontrol) como mi abuelita decía, algo malo me iba a pasar. Que de repente una grieta en la tierra aparecería y me tragaría llevándome al centro de esta. Sí, al mismísimo centro de la tierra, lleno de lava donde está caliente. Y que ahí me quedaría toda una eternidad. Toda mi vida había querido explorar mis fantasías, pero no me atrevía y no encontraba con quien. Pero a veces el destino juega, y no sabes cuándo y dónde se te van a hacer realidad tus sueños y fantasías. Te puedo decir que cuando menos te lo esperas, puedes tener las experiencias más maravillosas de tu vida, siempre y cuando no corras de ellas.

La experiencia que te quiero contar ocurrió en Tahití. No me preguntes porqué estaba en la isla de la Polinesia Francesa, eso no es lo importante. Pero lo que si te voy a decir es que estaba viajando sola, para ese entonces ya había aprendido a viajar sola y a disfrutar de mi compañía. Regresando a mi relato. Era el último día de mi estancia. Decidí que ese día para despedirme vería el atardecer desde la terraza de mi bungalow, de mi casita, bebiendo una copa de champagne francesa, cortesía del hotel.

Mi casita estaba construida sobre el agua. Solo se encontraba otra casita a un lado, mis vecinos eran una pareja que había llegado al hotel hacia tres días, el primer día no hicieron mucho ruido, pero el segundo sus gritos de pasión casi hacían vibrar mi cuarto. Imaginaba que cada vez que ella gritaba en éxtasis se formaban olas en el agua. La tercera noche no decepcionaron con su exuberancia, me quedé dormida cuando ellos todavía estaban en éxtasis. No sabía si la luna llena los estaba afectando o si era su luna de miel. Desde mi bungalow podía ver su terraza, los muebles de jardín en tonos café, los macetones azul cobalto con plantas tropicales y la escalera de aluminio que descendía al agua azul turquesa.

El atardecer se aproximaba. Salí a la terraza y me senté en el sillón con la mejor vista del atardecer, rodeada de cojines y con mis pies en un otomán.

Después de unos minutos cautivada por la espectacular despedida del sol. Escuché murmullos que provenían de la casita vecina. Me concentré en los sonidos, tratando de determinar si era la televisión o eran mis vecinos. Finalmente volteé, y vi a mi vecina desnuda con su cuerpo contra el ventanal mientras que su amante la exploraba. Pensé en pararme y ver el atardecer desde adentro o irme corriendo al bar del hotel para verlo desde allí. Pero decidí no moverme de donde estaba, pensé, ¿por qué no presenciar el espectáculo natural y el que ellos me estaban dando? Ellos bien sabían que yo estaba allí y parecía que no les importaba.

Después de unos minutos escuché la puerta del ventanal de mis vecinos abrirse, habían decidido continuar con su momento de pasión en la terraza, al aire libre y con una espectadora. Era obvio que no les incomodaba mi presencia, y para mi sorpresa me sentía cómoda con lo que estaba pasando. Pensé que a lo mejor eran exhibicionistas, y yo descubrí que me gustaba el voyerismo. Pero eso no fue lo único que aprendí, porque con el paso del atardecer descubrí que era una exhibicionista de corazón que había estado encerrada en el closet por muchos años.

De repente un gemido me hizo voltear, ella estaba sentada en uno de los sillones. Sus manos en la cabeza de su amante quien le daba placer con su boca. El hombre desnudo se encontraba perdido en la entrepierna de su mujer. Ella tenía la piel un poco bronceada, las líneas del bikini se empezaban a notar, podía ver la palidez de su busto donde los triángulos del bikini la protegían del sol, y el contraste con sus aureolas contra la blancura de su piel sin broncear.

Sus sollozos incrementaron, no le importaba si toda la Polinesia la escuchaba. Su voz competía con la brisa del mar. Ella encorvaba la espalda en éxtasis, él la sujetaba de las caderas. Sus pechos se movían con cada contracción de placer causada por la lengua de su amante.

No podía evitar estudiar cada uno de sus movimientos y sonidos. Sus acciones estaban despertando mi cuerpo, y me gustaba sentir el cosquilleo en mi piel, el palpitar de mi centro y la humedad que se empezaba a formar. Dejé la copa de champagne en la mesita junto al sillón. Mi atuendo era un pareo tradicional de Polinesia, otro regalo del hotel por haber pasado mi cumpleaños con ellos. Necesitaba mis manos libres porque quería participar desde mi terraza en lo que estaban haciendo.

Ella había sujetado la mano de su amante y se había metido dos dedos en su boca. Su cuerpo seguía moviéndose al ritmo de la pasión, las vibraciones de su cuerpo invadieron el mío. Sabía que me podían ver y no me importó. En ese momento perdí la razón, me levanté y me cambié de sillón para poder ver mejor, y al sentarme deje caer el pareo color carmesí. La mirada de ella se cruzó con la mía, y así con nuestras miradas entrelazadas me senté y acaricié mí vientre, deslizando mí mano hacia mi entrepierna, encontrado la humedad que destilaba por fin desapareciendo la sequía que había experimentado por meses.

Me imaginaba que la brisa que acariciaba en ese momento mi cuerpo eran sus manos. Ella abrió sus labios, para sacar su lengua y humedecerlos con ella. Entreabrí mi boca, y deslicé el dedo índice en ella, lo humedecí y lentamente lo saqué de mi boca, deslizándolo desde mi cuello hasta llegar a mi entrepierna y continuar con mi exploración, en un instante estaba arqueando mi espalda y al mismo tiempo trabba de no dejar de verla a los ojos. Empecé a sollozar y el hombre me escuchó. Ella le dijo algo y él volteo a verme y sonrió. Ellos me dijeron algo, pero yo no entendía francés, y ellos no hablaban inglés, español o portugués que eran los idiomas que yo dominaba.

Con sus manos gesticularon que fuera a su casita. Señalaban a la escalera. Yo sonreí y dije que no. Los dos hablaron entre ellos y él se metió a la casita mientas ella se recargó contra uno de los troncos que servían de soporte al tejado de la terraza. Sonría coquetamente mientras que acariciaba sus senos. Él salió de la casita y la tomó entre sus brazos, besándola apasionadamente mientras ella acariciaba el pene de su amante. El beso apasionado terminó, y ella se arrodilló para darle placer con su boca, mientras que él volteaba a verme.

Yo seguía parada en medio de mi terraza, desnuda y sintiendo que quería acariciar sus cuerpos. Pensé en bajar mi escalera y aventarme al agua cristalina y nadar a su habitación, pero antes de que yo pudiera hacerlo, él fue el que se lanzó al agua, y en un instante estaba saliendo y escalando los peldaños de mi escalera con un condón entre sus labios. Volteé a ver a la mujer que se había sentado cómodamente en una silla para ser ella la espectadora del espectáculo. Los papeles habían cambiado ella era la voyerista y yo la exhibicionista.

Él me mostró el sobrecito del condón, y yo moví mi cabeza. Él solo sonrió y salieron de su boca las palabras —sí, yes—. Él puso el pequeño paquete en la misma mesita donde yo había dejado la copa de champagne. Al ver la copa, la tomo y dejo el champagne caer sobre mi pecho izquierdo, acercó sus labios a mi pezón y lamió el líquido burbujeante. Yo sujeté sus musculosos brazos, y volteé a ver a su esposa que estaba tocándose mientras nos veía con una sonrisa en sus labios.

El hombre me volteó para que viera a su esposa, mientras que el por detrás jugueteaba con mis pezones, mis manos en sus caderas y mi cabeza contra su torso. Relajé mi cuerpo, dándome permiso de disfrutar cada caricia. Sintiendo su piel mojada contra la mía y su pene rozando mi trasero. Sus manos no se quedaron en mis pechos y se deslizaron más allá de mi cintura hasta alcanzar mi clítoris. Lo empezó a acariciar y leyendo mi cuerpo encontró el tempo que me daba el máximo de placer, pero sin hacerme llegar al orgasmo. Cerré mis ojos por un instante y cuando los abrí ella no estaba en su terraza, volteé y vi que estaba emergiendo del agua, lista para subir la escalera a mi casita.

No dijo nada, no había razón para intercambiar palabras. Se acercó y me besó en los labios como si hubiéramos sido amantes de toda la vida, nuestras lenguas juguetearon, el sentirla cerca de mí, sus pezones tocando los míos, me hicieron olvidar por un instante de la presencia del hombre. Me olvidé de muchas cosas, me olvidé de que estábamos parados desnudos en mi terraza y que si alguien pasaba en una lancha nos vería, me olvidé de las cámaras de seguridad en cada rincón del hotel. Lo único que me importaba, y de lo que estaba consiente era de su presencia y lo que mi cuerpo estaba sintiendo, una excitación incontrolable.

El hombre se encontraba sentado en el sofá donde me había sentado hacia unos minutos cuando tenía intenciones de ver el atardecer. Ella me tomó de la mano y me llevó a su amante. Puso mi mano en el pene erecto para que lo acariciara, mientras que ella abría el paquetito del condón. Me dio el condón para que se lo pusiera a su esposo, novio, o amante. El título no importaba, él era su hombre. Él estaba listo, deslicé el condón lentamente, era la primera vez que le ponía a alguien un condón, era un atardecer de muchas primeras veces.

Ella se fue a sentar en una de las sillas, mientras que su esposo tomó mis caderas, guiándome a que me montara en él. Le ayudé a guiarlo dentro de mí. Me besó apasionadamente y empecé a mover mi cuerpo de arriba a abajo, a apretarlo mientras me miraba fijamente a los ojos con su mirada color café. Los dos empezamos a respirar profundamente.

Volteé a ver a la mujer, quien estaba atenta observándonos, sus pupilas dilatadas y sus mejillas sonrosadas. Él tomo mi cabeza para que regresara mi mirada a sus ojos, y cuando estaba a punto de alcanzar el orgasmo me tomó entre sus brazos y sujetándome de los glúteos se levantó e inmediatamente envolví mis piernas en su cintura. Me quedé sorprendida con su fuerza, era un hombre mucho más alto que yo, y con muchos músculos. Me dejó lentamente en el sofá y me dijo que me acomodará, al menos eso creí que dijo. No sabía, si me quería recostada sobre mi espalda o sobre mis manos y rodillas dejándome a su total disposición, opté por la segunda opción, quería ver los ojos de su esposa mientras que él me hacía suya.

Ella se movió a la orilla del sillón. Él de un solo movimiento me penetró desde detrás. Sentía como si el tiempo hubiera dejado de existir, como si el sol se hubiera detenido y estaba esperándonos hasta que termináramos suspendido en el horizonte. La luz naranja del atardecer iluminaba la terraza, la brisa tibia acariciaba nuestros cuerpos sudados.

El tempo con el que el hombre movía sus caderas estaba incrementando, y yo perdía la razón un poco más a cada instante. Ya no me importaba si todo el mundo me escuchaba gemir, no iba a dejar nada dentro de mí, esta era la liberación de mi ser, y el sentir que toda la vida había esperado. Mi garganta hizo sonidos primordiales de puro éxtasis y pasión, mandando un grito que se escuchó más allá de mi bungalow y el de ellos. El siguió empujando, gimiendo, golpeado su cuerpo contra el mío y en un momento lo sentí como vibraba dentro de mí, mientras que su esposa nos veía como si estuviera extasiada, lista para aplaudir.

Alcanzamos el éxtasis justo en el momento que el sol se perdía en el horizonte, dejándonos solo con los tonos naranja en el cielo y el vaivén de las olas. Yo me desplomé en el sofá, el hombre tomó mi pareo y lo puso sobre mi cuerpo desnudo que temblaba, sintiendo el orgasmo recorriendo mi cuerpo. Él se inclinó y me dio un beso en la frente. Su esposa se arrodilló junto a mí y acarició mi cabello. Yo me senté, ella me besó delicadamente en los labios, y se levantó. Y sin decir una palabra los dos bajaron la escalera y nadaron a su casita mientras que yo me quedé viendo los colores del atardecer perderse hasta que las estrellas aparecieron.

¿Quién soy, de dónde soy, y cuál es mi nombre? Son detalles que no importan, lo que importa es lo que viví esa tarde con dos desconocidos que me dieron una experiencia que no he olvidado después de años. ¿Qué si soy una niña mala? No.

Soy una mujer, ni buena, ni mala. Soy una mujer que se ha liberado, y ha aprendido a satisfacer sus necesidades.

Agradecimientos

Mi infinita gratitud a mis lectores, quienes le han dado la bienvenida a esta colección de historias. Ustedes me alientan a seguir escribiendo con sus palabras. Un libro es sólo una colección de palabras hasta que ustedes al leerlas le dan vida a la historia.

Mi aprecio para mi maravillosa editora en español Elena Escoffié quien les da forma a mis manuscritos. Y como si fuera un acto de magia encuentra las palabras adecuadas con gran facilidad. Sin Elena este proyecto no hubiera sido posible.

Gracias a Cate Lumière por mostrarme que menos, es más.

Para un amigo que conservará su anonimato, mi favorito USC Trojan, gracias por ser mi cómplice de aventuras, por tu entusiasmo, y por inspirarme a crecer en tantas formas.

Para mis padres y mi familia, gracias por su soporte infinito a todo lo largo de mi vida y a través de mis múltiples proyectos.

Acerca De Frida

Frida es una escritora de historias sensuales y eróticas. Alma creativa, escritora de profesión y fotógrafa de corazón.

Ella siempre ha encontrado la sensualidad fascinante:

- En como una **caricia** puede provocar un torrente de **emociones**
- De los **sentimientos** que una **mirada** puede despertar
- La **pasión** que una **palabra** puede encender y desencadenar
- De las **fantasías** que una sola **imagen** puede generar

En su página web www.FridaFelixDelRio.com mantiene su blog 69 Palabras, y Más. Allí publica microhistorias de sesenta y nueve palabras, y ensayos.

Mexicana de nacimiento, norteamericana por adopción. Frida vivió casi dos décadas en México y actualmente vive en el desierto, en Arizona donde disfruta de la temporada de lluvias torrenciales. Cuenta con una maestría de la Universidad del Sur de California y una licenciatura de la Universidad de Guanajuato. Cuando ella no está escribiendo y creando contenido visual o buscando a las musas, la encontrarás cuidando de su jardín, pintando acuarelas, creando joyería de fantasía, o en la cocina preparando uno de sus platillos favoritos.

Para ella es muy importante la originalidad en sus publicaciones y el toque personal. Es por ello qué si la sigues en las redes sociales o en su página web, encontrarás contenido escrito y visual creado, editado y publicado personalmente por Frida.

"Atrévete a explorar el mundo
de lo sensual."

Notas

PALM SPRINGS

1. ENCUERATRIZ—Palabra coloquial que se dice en México para referirse a una persona que se dedica a desnudarse para ganar dinero (stripper).

LUNA LLENA

1. Vino de hielo, es un vino que se hace mediante la fermentación de uvas congeladas de forma natural.

www.ingramcontent.com/pod-product-compliance
Lightning Source LLC
Chambersburg PA
CBHW011925190726
48285CB00008BA/2757